河出文庫

ザッヘル＝マゾッホ紹介

冷淡なものと残酷なもの

ジル・ドゥルーズ
堀千晶 訳

JN203033

河出書房新社

目次

序　9

ザッヘル゠マゾッホ紹介　冷淡なものと残酷なもの　19

サド、マゾッホ、ふたりの言語　21
障害の命名――言語のエロティックな第一の機能：指令語と描写――サドにおける第二の機能：論証、非人称的な要素、理性の《理念》――マゾッホにおける第二の機能：弁証法、非人称的な要素、想像力の《理想》

描写の役割　35
マゾッホの品位――サドにおける否定的なものの過程と否定の理念：ふたつの《自然》――サドと加速する反復――死の「本能」――マゾッホにおける否認の過程と宙吊りの理想：フェティッシュ――マゾッホと宙吊りにする反復

サドとマゾッホの相補性はどこまで及ぶのか　53
ふたりの作品の野心の比較――サドの作中人物におけるマゾヒズム、マゾッホの

作中人物におけるサディズムは存在するのか――サディストとマゾヒストの外的な遭遇という主題――内的な遭遇、サド＝マゾヒズムの一体性への信仰が依拠する三つの議論

マゾッホと三人の女性　70
娼婦《ヘタイラ》的な母、エディプス的な母、口唇的な母――「冷淡、母性的、厳格……」――マゾッホにおける冷淡さとサドにおける無感動――マゾッホとバッハオーフェン――氷河期の天変地異《カタストロフ》

父と母　86
マゾヒズムにおける父の役割の問題――サディズムとサドにおける父の役割――マゾヒズムとマゾッホにおける父の無化――三人の女性の系列と口唇的な母の勝利：善良な母――《第三者》、そして父の幻覚的な回帰――契約と無化

マゾッホの小説的要素《ロマネスク》　105
マゾッホの美的要素――期待＝待機と宙吊り――幻想――形式的精神分析の必要性――マゾッホの法的要素：契約――マゾッホにおける契約と法、契約と法に対する絶対的な批判としてのサドにおける制度

法、ユーモア、アイロニー 123

法の古典的イメージのふたつの側面：アイロニーとユーモア――近代的意識におけるこのふたつの側面の転倒――サドにおける新たなアイロニーと法の転倒――マゾッホにおける新たなユーモアと法へのまやかしの服従

契約から儀式へ 138

契約と法の関係――口唇的な母への法の転移：近親姦と第二の生誕――マゾッホの三つの儀式：狩猟、農耕、第二の生誕――カインとキリスト：神は死んだ――なぜ第二の生誕が本質的なのか――マゾヒズムにおける父との類似、そして罪責感情の役割：「父が叩かれる」――マゾヒズムの形式的かつ劇《ドラマ》的な性格

精神分析 157

フロイトの第一の解釈：反転とそのほかの諸要因――「反転したサディズム」という定式の不充分さ――第二の解釈、そして「分離」の問題

死の本能とはなにか 169

快原理に例外はない――経験的原理と超越論的原理――《エロス》、《タナトス》、反復――脱性化あるいは分離のふたつの形式：神経症と昇華――第三の形式：倒錯

――その場での跳躍――反復、快と苦
サディズムの超自我とマゾヒズムの自我
サディズムにおける超自我の勝利と自我の状態：アイロニー――マゾヒズムにおける自我の勝利と超自我の状態：ユーモア――サディズムとマゾヒズムの示差的特徴の要約――自我、超自我、両者の構造的分断と死の本能：想像力と思考――サディズムとマゾヒズムの「非共可能性」をめぐる結論　184

補遺
I　幼年期の記憶と小説についての考察　204
II　マゾッホの二通の契約書　211
III　ルートヴィヒ二世との情事（ワンダの語るところによる）　217

原注　242
訳注　247
訳者あとがき　251

ザッヘル＝マゾッホ紹介

凡例

一、「　」は、原文における引用符《　》を示す。
一、『　』は、原文における書名を示す。
一、《　》は、原文において大文字ではじまる単語を示す。ただし、大文字で表記するのが慣用になっているものは除く。
一、傍点は、原文におけるイタリックを示す。ただし、書名は除く。
一、〔　〕および［　］は、訳者による補足を示す。
一、原注は★、訳注は◆で表記し、巻末にまとめた。

序

ザッヘル＝マゾッホの生涯にかんする主要な情報は、かれの秘書シュリヒテグロル（『ザッヘル＝マゾッホとマゾヒズム』）と、『ヴィーナス』のヒロインの名をかたる最初の妻、ワンダに由来するものである（ワンダ・フォン・ザッヘル＝マゾッホ『我が生涯の告白』仏訳、メルキュール・ド・フランス社）。ワンダの書物はきわめて美しい。この本は後世の伝記作家たちによって厳しい判断を下されたが、しかしたいていの場合、かれらもそこから剽窃しているにすぎない。ようするにワンダはじぶん自身にかんして、あまりに純粋無垢なイメージを提示しているというわけだ。マゾッホがマゾヒストであった以上、かのじょにはサディストであって欲しいのである。だが、こんな調子ではおそらく、問題が的確に立てられることはない。

レオポルト・フォン・ザッヘル＝マゾッホは一八三五年、ガリツィアのレンベルクに生まれた〔正しくは一八三六年生まれ〕。その家系はスラヴ系、スペイン系、ボヘミア系である。先祖は、オーストリア゠ハンガリー帝国の官僚にあたる。父は、レンベルクの警察長であった。子どものころに目撃した暴動と監獄の光景は、かれの心に深く刻まれた。その作品全体が帝国内の少数民族《マイノリティ》、諸民族、革命運動の問題からたえず影響を受けているのである――ガリツィア物語、ユダヤ物語、ハンガリー物語、プロシア物語……。[★1] かれが頻繁に描くのは、農耕コミューンの組織であり、またオーストリア政府に対抗するとともに、とりわけ地元の土地所有者にも対抗する農民の二重の闘争である。汎スラヴ主義がかれを駆り立てているのだ。尊敬する人物は、ゲーテにくわえて、プーシキンとレールモントフである。かれ自身が小ロシアのツルゲーネフと呼ばれていたのだ。

マゾッホはまずグラーツで歴史学の教授となり、文学的経歴を歴史小説から開始する。成功は瞬く間に訪れた。『離婚した女』（一八七〇年）は、このジャンルの最初の小説のひとつであり、アメリカにまで及ぶ大きな反響を呼んだ。フランスでは、アシェット社、カルマン゠レヴィ社、フラマリオン社が、かれの長篇小説と短篇小説を刊行することになるだろう。翻訳者の女性の一人は、かれを厳格なモラリストにして、民間伝承と歴史を題材とする小説の作者として紹介しえたわけだが、その際に作品のエロティックな性格には一切言及していない◆1。スラヴ的魂のおかげで、かれの幻想はおそらく人目を巧みに免れたのだ。くわえてより一般的な理由も考慮せねばなるまい。というのも、一九世紀における「検閲」と寛容の条件は今日の私たちの条件とはかなり異なるものだったからであり、身体器官や心理をさほど詳述しなければ、漠然としたセクシュアリティは相当程度まで許容されたのだ。マゾッホの語る言語《ランガージュ》においては民間伝承的なもの、歴史的なもの、政治的なもの、神秘的なものとエロティックなもの、民族的なものと倒錯的なものが緊密に混ざりあい、鞭打ちのためにひとつの星雲を形成している。かれはそれゆえ、クラフト＝エビングが一個の倒錯を名指すためにじぶんの名をもちいたことを快くおもっていない。マゾッホは著名な尊敬される作家だったのであり、一八八六年には、パリに凱旋旅行し、『フィガロ』紙、『両世界評論』誌によって顕彰され、歓迎されたのだ。

　マゾッホにおける恋愛の趣味はよく知られている――熊や盗賊に扮して戯れること。毛皮をまとい、鞭を手にした豊満な女性にじぶんを狩猟させ、縛らせ、処罰や侮辱さらには激しい肉体的な苦痛さえをもくわえさせること。召使に仮装し、フェティッシュと仮装衣裳をため込むこと。三行広告を載せ、愛する女性と「契約」を交わし、必要とあらばかのじょに売春させること。アンナ・フォン・コトヴィッツとの最初の情事が、『離婚した女』に着想を与え、ファニー・フォン・ピストールとの別の情事が、『毛皮を着たヴィーナス』の発想源となる。次いで、書簡というあいまいな条件をとおして、アウローラ・リューメリン嬢がかれに近づき、ワンダという偽名を名乗り、マゾッホと一八七三年に結婚する。かのじょは同時に従順で、気むずかしく、力不足の伴侶となるだろう。マゾッホを待ち受けていた運命は失望であった、まるで仮装の力能がおもいちがいの力能でもあったかのように。マゾッホは家庭に第三者を、かれが「ギリシャ人」と呼ぶ者を引き入れようとたえず画策する。しかしすでに、アンナ・フォン・コトヴィッツとの情事の時点で、ポーランド人の似非伯爵がじつは窃盗の咎で追われる薬剤師助手であり、しかも深刻な病気もちであることが判明していた。アウローラ＝ワンダのときには、どうやらバイエルンのルートヴィヒ二世を主人公とするらしい興味深い情事にのめりこんでゆく。その物語はのちほどお読みいただくことにしよう〔補遺Ⅲ参照〕。ここでもまた人物の二重化、仮面、両陣営のこれ見よがしのお芝居が、驚異的な駆引きを生みだすことになるのだが、それも失望に変わる。最後に『フィガロ』紙のアルマンとの一件が起こる——それについては、たとえ読者が修正を施さなければならないにせよ、ワンダがみごとに語っている〔アルマンはワンダの恋人になる男性〕。この挿話こそ一八八六年のパリ旅行を決意させたものであり、ワンダとの関係に終止符を打つものでもあった。かれは一八八七年にじぶんの子どもの家庭教師と結婚するだろう。ミリアム・アリの小説『ベルリンのソニア』は、引退した晩年のマゾッホにかんする興味深い肖像を差しだしている。一八九五年に亡くなったとき、かれはじぶんの作品がすでに忘却の淵に沈んでいることを嘆き悲しんでいた。

だが、その作品こそが重要で、異様なものなのだ。かれはそれを一個の作品群《サイクル》として、あるいはむしろ様々な作品群からなる一系列として構想している。主要な作品群は『カインの遺産』と題されており、六つの主題を扱うはずであった。すなわち恋愛、所有、金銭、国家、戦争、死である（完成したのは最初の二部だけだったが、ほかの主題もすでにそこに姿を見せている）。民間伝承や民族をめぐる短篇群が、補完的な作品群を形成する。マゾッホの最良の作品のなかでも、とりわけガリツィアの神秘教団にかかわる二篇のロマン・ノワール、すなわち『魂を漁る女』と

『聖母』は、ほとんど並ぶもののない水準の不安と緊張に達している。「カインの遺産」という表現はなにを意味するのだろうか。まずそれは、人類を打ちのめす犯罪と苦痛の遺産を要約せんとするものだ。だが、残酷性はたんなる外観にすぎず、その下にはより秘せられた基底がひそんでいる。すなわち、《自然》の冷淡さ、草原、《母》の凍てつくイメージであり、カインはそこにおのれ自身の運命を発見する。この厳格な母の冷たさはむしろ、残酷性が変貌したかの如きものであり、そこから新しい人間が生まれてくるのだ。つまりカインの「徴」があり、それが「遺産」をどのようにもちいるべきかを示すのである。カインからキリストに到るまで、「性愛もなく、財産もなく、祖国もなく、口論もせず、労働もせず、みずからの意志で死を選びながら人類の観念を体現する」、十字架にかけられた《人間》に到達するのは、まさしく同じ徴なのだ……。マゾッホの作品はドイツ・ロマン主義の力能を継承している。おもうに、かれのように幻想と宙吊りという手段をもちいた作家など、いまだかつて一人もいない。かれは、愛を「脱性化する」と同時に、人類史全体を性化する、きわめて特殊な手段を有しているのだ。

＊

『毛皮を着たヴィーナス』、*Venus im Pelz*（一八七〇年）は、マゾッホのもっとも有名な小説のひとつである。それは恋愛をめぐる『カインの遺産』第一巻の一部をなしている。経済学者R・ルド・ドゥ・ボーフォールによる翻訳が、フランス語と英語で同時に刊行された（一九〇二年）。だがきわめて不正確なものである。私たちはそれゆえ、オード・ウィルムによる新訳を本書でご紹介することにしたい〔本訳書には未収録〕。そこに三篇の補遺をくわえておく。ひとつめは、マゾッホが小説をめぐる全般的概念と、特殊な幼年期の記憶を叙述するものであり、ふたつめは、マゾッホがファニー・フォン・ピストールやワンダと交わした個人的な恋愛「契約」を複製したものであり、三つめは、ワンダ・ザッヘル＝マゾッホがルートヴィヒ二世との情事を語るものである。

マゾッホの運命は二重の意味で不当なものである。かれの名がマゾヒズムを指し示すのにもちいられたからではない、その逆である。なにより不当なのは、かれの作品が忘れ去られると同時に、その名が日常的にもちいられるようになったという点にある。サドの作品にかんするいかなる知識も示すことのない、サディズムについての書物が出版されることもおそらくあるだろう。だがそれは段々と稀になってきている。サドはますます深遠なしかたで認識されるようになっており、サディズムにかんする臨床的な省察は、サドについての文学的な省察から特異なしかたで恩恵を受けているし、逆もまた然りである。ところがマゾッホのこととなると、かれの作品にかんする無知は依然として驚くべきものであり、マゾヒズムについての最良の書物においてすらそんな有様なのだ。だが、マゾッホとサドはその他大勢のなかの一事例〔症例〕にすぎないどころか、一方はマゾヒズムについて、他方はサディズムについて、本質的ななにかをそれぞれ私たちに教えてくれるはずだと考えるべきではないか。マゾッホの運命の不当さを倍増させる第二の理由がある。つまり、臨床的にいって、マゾッホがサドの補完物にさせられているのだ。これこそサドに興味を抱く人々が、マゾッホに特段の関心を示してこなかった理由ではないだろうか。サドから出発してマゾッホを得るには、記号を反転させ、欲動を転倒させ、反対物同士の大いなる一体性を思考するだけで充分だと、あまりに性急に考えられているのだ。サド＝マゾヒズムの一体性、サド＝マゾヒズム的な実体という主題は、マゾッホにとってきわめて迷惑千万なものであった。かれは不当な忘却ばかりでなく、不当な相互補完性、不当な弁証法的一体性に苦しめられてきたのだ。

というのも、マゾッホを繙くやいなや、かれの世界がサドの世界となんら関係ないことがすぐさま感じられるからである。技術だけが問われているのではなく、問題も、関心事も、計画も、かくも異質なものなのだ。遙か以前から精神分析は、サディズム＝マゾヒズムの変形の可能性と現実性を示してきたなどと反論すべきではない。問われているのは、サド＝マゾヒズムと呼ばれる一体性そのものなのだ。医学は症候群《サンドローム》と兆候《サンプトーム》を峻別する。兆候とはある病の特殊な兆しであるのに対して、症候群とは遭遇や交叉にもとづく単位であり、きわめて異なる因果系統や、多岐にわたる文脈に関連するものだ。疑ってみるべきは、サド＝マゾヒズムという実体そのものが症候群ではないかという点である。この症候群は、たがいに還元不可能なふたつの系統に分離されてしかるべきではないだろうか。同じ者がサディストでもマゾヒストでもあると、あまりに頻繁に語られ、ついにはそう信じられるようになってしまった。すべてをふたたびはじめなければならない。サドとマゾッホを読解することから、ふたたびはじめなければならない。臨床的な判断には先入観があふれているがゆえに、臨床の外に位置する点、すなわち倒錯が名づけられる起点となった文学的な点から、すべてをふたたびはじめなければならない。ここでふたりの作家の名が指示にもちいられているのは偶然ではない。批評（文学的な意味での）と臨床（医学的な意味での）が、双方向的にたがいに教えあう、新たな関係を結ぶべく決定されることだってあるのだ。兆候学とはつねに芸術の問題である。サディズムとマゾヒズムの臨床的特殊性は、サドとマゾッホに固有の文学的な価値と切り離せない。そして反対物同士を性急に結合させてしまう弁証法の代わりに、真の意味で示差的なメカニズムと芸術的な独創性とを解き放つ力を具えた、批評と臨床をめざさねばなるまい。

ザッヘル＝マゾッホ紹介
冷淡なものと残酷なもの

サド、マゾッホ、ふたりの言語

「あまりに理想主義的であり……、
したがって、残酷である」
ドストエフスキー◆2
『虐げられた人びと』

文学はなんの役に立つのか。サドとマゾッホの名は少なくともふたつの基礎的倒錯を指し示すのに役立つ。かれらは文学の効力を示す驚異的な事例なのである。いかなる意味においてか。ときに典型的な病者の名が、病につけられることもあろう。だが、より頻度が高いのは、医者がじぶんの名を病につけることである（たとえばロジェ病、パーキンソン病……）。こうした命名の条件が仔細に分析されねばならない。というのも、医者が病をつくりだしたわけではないからだ。そうではなく医者は、それまで結合してひとつになっていた兆候を分離したのであり、また、それまで分離していた兆候をまとめあげたのである。つまり医者は、きわめて独創的な臨床的一覧表を作成したのだ。こうして、医学の歴史は少なくとも二重のものとなる。まず様々な病の歴史があるが、病とはまさに社会の状態や治療法の進歩に応じて消滅したり、後退したり、復活したり、かたちを変えたりするものだ。だが、この歴史と密接に絡み合う別の歴史、すなわち治療法や病の変形に先行したり、そのあとにつづいたりする兆候学の歴史が存在している——兆候が命名され、改名され、別のしかたでまとめあげられるのである。進歩は、この観点からするなら、一般的にいっそうの特殊化に向かってなされ、そのときより精緻な兆候学を示すことになる（かつてペストやハンセン病が今日よりも頻繁に発生したのは、あきらかに歴史的かつ社会的な理由によるだけでなく、現在では分離されているあらゆる種類の障害が、そうした名のもとで一緒くたにされていたからである）。偉大な臨床家とはもっとも偉大な医者である。一人の医者がおのれの名を病につけるとき、そこには言語学的であると同時に記号学的〔症候学的〕なきわめて重要な行為がある。なぜならこの行為こそが、固有名と諸記号の集合とを結びつけるからであり、ひとつの固有名が諸記号を共示するという事態を生みだすからである。

サドとマゾッホは、この意味で、偉大な臨床家だろうか。ハンセン病、ペスト、パーキンソン病のことを考察するように、サディズムやマゾヒズムを考察するのは困難である。病という言葉はふさわしくない。それでもやはりサドとマゾッホが、類いまれな兆候と記号の一覧表を私たちに差しだしていることに変わりはない。クラフト＝エビングがマゾヒズムについて語るのは、マゾッホが臨床実体を刷新し、それを苦－快の性的な繋がりよりむしろ、隷属と屈従というより深遠な行動によって定義したことを讃えるためなのだ（究極的には、苦痛性愛なきマゾヒズムや、マゾヒズムなき苦痛性愛さえ存在する）★1。さらに私たちは、サドに比して、マゾッホがよりいっそう精緻な兆候学を定義し、これまで混同されてきた障害を分離することを可能にしたのではないか、と自問してみる必要があろう。いずれにせよ、「病者」あるいは臨床家であり、同時にこのいずれでもあるサドとマゾッホが、偉大な人間学者でもあるのは、人間、文化、自然にかんする概念をまるごと、じぶんの作品のうちに投入する流儀を知りつくしているからだ。――またかれらが偉大な芸術家でもあるのは、新たな形態を引きだし、感じ思考する新たなしかた、つまり新たな言語をまるごと創造する流儀を知りつくしているからなのだ。

たしかに暴力は口をつぐんで語らぬもの、ほとんど語らぬものであり、性《セクシュアリティ》は基本的に、ほとんど語られぬものである。羞恥心は生物学的な恐怖とは関連がない。もし関連があるなら、羞恥心が次のように定式化されることなどなかっただろう――すなわち、私はさわられることより見られることを、見られることより語られることをおそれる、と。だとするなら、サドやマゾッホの言語のようにかくも豊饒で、かくも挑発的な言語のなかで、暴力と性がかくの如く結合していることは、いったいなにを意味するのか。エロティシズムについて語るこの暴力をどう考えればよいのか。ジョルジュ・バタイユが、ナチズムとサド文学との関係をめぐる議論一切に無効を宣告したテクストのなかで解き明かすように、サドの言語は逆説的である。なぜならそれは、本質的に犠牲者の言語だからだ。拷問を描写しうるのは犠牲者以外になく、拷問者のほうは既成秩序と既成権力の偽善的な言語を否応なくもちいるのである。「一般規則として拷問者は、じぶんが既成権力の名において行使する暴力の言語ではなく、拷問者をうわべ上免責し、正当化し、かれが優位に立つ理由を与えてくれる権力の言語をもちいるのである。暴力的なものは沈黙し、欺瞞に身をゆだねる……。したがってサドの態度は、拷問者の態度と対立し、その完璧な対極に位置することになる。執筆の際にサドは欺瞞を拒み、作中人物たちにこの欺瞞をゆだねた。けれども、この作中人物たちは、実際には沈黙することしかできなかったはずなのだ。だがサドは、この作中人物たちを利用して、ほかの人間たちに逆説的な言説を送り届けようとしたのである」[★2]。そうだとするなら、ひるがえって今度は、犠牲者がじぶん自身の拷問者となり、拷問者に固有の偽善をもちいて語るという理由で、マゾッホの言語も同じく逆説的なものだと結論づけるべきだろうか。

ポルノグラフィ文学と呼ばれるのは、いくつかの指令語（これをせよ、あれをせよ……）と、そのあとにつづく猥褻な描写に還元される文学のことである。したがってそこでは暴力とエロティシズムが結合するが、しかし初歩的なやり方でそうなっているにすぎない。サドとマゾッホにあっては指令語が繁茂し、残酷なリベルタンや専制的な女性の口から発せられる。描写についても同様である（とはいえ二人の作品における描写はいささかも同じ意味をもたず、同じ猥褻さをまとうわけでもない）。マゾッホにあってもサドにあっても、言語は官能に直接はたらきかけることで、そのまったき価値を獲得するかにおもわれる。サドにおいて、『ソドムの百二十日』はリベルタンたちが「語り部の女たち」に語らせる物語によって組織されるのであって、少なくとも原則的には、主人公たちの握る主導権によって、物語が進行するわけではない。なぜなら言葉の権力がその頂点に達するのは、身体に反復を命ずるときだからであり、「聴覚器官をとおして伝達される感覚はなにより心地よく、その印象はもっとも強烈」だからである。[3] マゾッホにおいては、実人生でも作品でも、恋愛は匿名や偽名の手紙か、三行広告からはじまらねばならない。恋愛はそれを様式化し、言語化する契約によって制御されねばならない。ものごとは語られ、約束され、告知され、念入りに描写されてから、実行に移されるのでなければならない。だが、サドの作品とマゾッホの作品が、ポルノグラフィとして通用することなどありえず、「ポルノロジー」という、より高次の名に値するのはなぜかといえば、ふたりのエロティックな言語が、命令や描写という基本機能には還元されないからだ。

サドにおいて人々が立ち会うのは、論証能力のきわめて驚くべき発展である。言語の高次の機能としての論証があらわれるのは、描写されるふたつの場面のあいだであり、つまりふたつの指令語のあいだで、リベルタンが休息するそのさなかである。リベルタンが情け容赦ない小冊子を読みあげ、尽きることなき理論を展開し、憲法を推敲するのが聞こえる。あるいはリベルタンは、じぶんの犠牲者と語りあい、議論することに同意する。こうした瞬間が、殊に『ジュスチーヌ』に頻繁に見られる。拷問者一人ひとりが犠牲者を聴衆や聞き役とするのだ。だが、説得しようとする意図はうわべだけのものにすぎない。リベルタンが説得し、納得させようとするかの如き雰囲気をかもしだし、「教師」として振舞い、新入りに教育を施すことすらあるだろう（たとえば、『閨房哲学』）。だが実際には、納得させ説得しようとする意図、つまり教育的な意図ほど、サディストに無縁なものはない。重要なのはまったく別のことである。重要なのは、推論じたいが一個の暴力であると示すこと、そしてまったき厳格さ、平静さ、静けさをともなう推論が、暴力的なものたちの側にあるのを示すことなのだ。重要なのはだれかに対して示すことですらなく、論証者の完璧な孤独と全能性とに一体化する論証をもちいて、論証してみせることなのである。重要なのは暴力と論証の同一性を論証することなのだ。それゆえ推論が、その宛先となる聴衆と共有される必要はまったくないし、快が、そのきっかけとなる対象と共有される必要も一切ない。犠牲者たちの蒙る暴力は、論証が証言するいっそう高次の暴力の似姿《イメージ》にすぎない。じぶんの共犯者や犠牲者に囲まれつつ、推論者はそれぞれ各自の孤独と唯一性の絶対的な円環のなかで推論するのである——たとえリベルタンたちが全員同じ推論を行う場合であっても。あとで見るように、あらゆる面でサディスト的な「教師」と、マゾヒスト的な「教育者」が対立するのだ。

　ここでも、バタイユがサドについて次のように的確に述べている。「それは語る者と、語りかけられる者たちとのあいだの関係を抹消する言語なのである」[4]。だが、まさしくこの言語こそ、暴力とエロティシズムとの関係における論証機能の最高次の実現だとするなら、他方の側面——指令語と描写——も新たな意義を帯びることになるだろう。この他方の側面は存続するのだが、しかし論証という要素のなかにひたり、そのなかを浮遊し、それとの関係でしか存在しなくなるのだ。描写、身体の姿態は、おぞましい論証を例示する感性的な形象という役割を果たすにすぎない。そしてリベルタンによって投げかけられる指令語、命令形のほうは、サド的な諸定理のいっそう深遠な連鎖と関連する諸問題の言表となるのである。「私がそれを理論的に示してみせたのだから」とノワルスィユはいう、「実行に移すことで確認してみようではありませんか……」[5]。それゆえ、二重の言語を生みだす、二種類の要因を区別せねばなるまい。命令と描写という要因は、個人的な要素を表象しており、特殊な嗜好としてサディストの個人的な暴力を命じ、それを描写する。ところが、より高次の要因が指し示すのは、サディズムの非人称的な〔非個人的な〕要素であり、それがこの非人称的な暴力を、純粋理性の《理念》と同一化させ、ほかの要素を服従させうるおそるべき論証と同一化させるのである。サドにおいては奇妙なスピノザ主義が立ちあらわれる――すなわち、数学的精神に貫かれた自然主義と機械論である。この数学的精神に、あの無限の反復を、つまり、形象を増殖させ犠牲者を増加させてゆくあの量的な反覆の過程を結びつけねばならない。それによって、つねに孤独な推論が生みだす幾千もの円環を、幾度もくぐりぬけることになるのだ。クラフト＝エビングは、この意味で、本質的な点を予見していた。「個人的な要素がほとんど完全に抜けてなくなる場合がある……。当該の人物は、少年や少女を叩くことで性的興奮を獲得するのだが、しかし純粋に非人称的ななにかが、ほかのものを差し置いてくっきり浮かびあがってくるのだ……。この範疇に属する人々の大半が、権力感情を特定の人に対して向ける一方で、私たちがいま立ち会っているのは、その行動の大部分が、地理的ないし数学的な図面によって突き動かされている顕著なサディズムなのである……★3」。

マゾッホにおいても同様に、指令語と描写は、より高次の言語に向けて乗り越えられる。だが今度は、すべてが説得であり、教育なのだ。私たちが直面しているのはもはや、犠牲者を支配し、犠牲者が同意したり納得したりしないほど、より多くの享楽を味わう拷問者ではない。私たちの前にいるのは拷問者を探す犠牲者であり、このうえなく奇妙な企てのために拷問者を育成し、説得し、拷問者と同盟を結ぶ犠牲者なのだ。だからこそ三行広告がマゾヒズムの言語の一部をなす一方で、真のサディズムから除外されるのである。また、だからこそマゾヒストが契約を書きあげる一方で、サディストはあらゆる契約を忌み嫌い破り捨てることにもなるのだ。サディストは制度を必要とするが、マゾヒストは契約関係を必要とする。中世においては、深遠にもふたつの悪魔的性格、すなわちふたつの根本的な倒錯が区別されていた。その一方は憑依によるものであり、他方は同盟契約によるものである。サディストは制度化された所有〔憑依〕の用語で思考し、マゾヒストは契約による同盟の用語で思考する。所有〔憑依〕とはサディズムに固有の狂気であり、契約とはマゾヒズムに固有の狂気である。マゾヒストは専制的な女性を育成せねばならない。マゾヒストはこの女性を説得し、「署名」させねばならない。マゾヒストとは本質的に教育者なのだ。そうしてマゾヒストは、教育という企てに内在する失敗の危機にさらされることになる。マゾッホの全小説において、説得された女性は、一種の不安めいた疑念を最後まで抱きつづける。というのも、うながされてある役割を演じてみるものの、ともすればその役割を果たしきれず、過剰か欠如に陥ってしまうからだ。『離婚した女』で、ヒロインはこう叫ぶ。「ユリアンの理想は残酷な女性、エカチェリーナ女王のような女性だというのに、私はなんと臆病で気弱なことか……」[6]。さらに『ヴィーナス』のワンダはこう述べる。「そんなことできないと不安ですけどやってみましょう、愛するあなたのためですから」[7]——あるいはさらに「私がこんなことを気に入ってしまわぬよう、心配なさっていてください」。

マゾッホの男性主人公たちの教育的な企て、女性への従属、男性主人公たちの蒙る責苦、男性主人公たちが身をもって知る死のうちには、それと同じ数だけ、《理想》へと上昇する契機がひそんでいる。『離婚した女』の副題は「理想主義者《イデアリスト》の磔刑像」である。『ヴィーナス』の男性主人公ゼヴェリーンは、かれ独自の教義である「超官能主義」を構想し、メフィストがファウストに向けて発した言葉を標語とする。「さあ、超官能的な官能的誘惑者よ、一人の少女がお前の鼻先を引き摺りまわす」[8]（このゲーテのテクスト中の *Übersinnlich* は、「超感性的」ではなく、「超官能的」、「超肉感的」であり、それは *Sinnlichkeit* によって、肉感、*sensualitas* を指示する初期の神学的伝統にもとづくものである）。マゾヒズムがその歴史的で文化的な庇護を、神話－イデア論的な通過儀礼の試煉に求めることは、まったく驚くにあたらない。女性の裸体の観想は、神秘的条件のもとではじめて可能になるからだ。たとえば『ヴィーナス』がそうである。さらに明瞭なのが、『離婚した女』の一場面であり、そこではどうやって主人公ユリアンが、不気味な友人にあと押しされ、恋人女性の裸を見ることをはじめて欲望するに到るかが描かれている。かれはまず「観察の必要」を引き合いにだすが、しかし「一切官能的なところのない」宗教的な感情にとらえられるのである[9]（これこそフェティシズムの根本的なふたつの契機である）。身体から芸術作品へ、芸術作品からイデアへ向かう上昇があるのであり、その上昇が鞭打ちによって成し遂げられねばならない。弁証法的精神がマゾッホを活気づけているのだ。『ヴィーナス』では、ヘーゲルの読書が途中で中断される際に、突如としてあらわれる夢によってすべてがはじまる。だが殊に重要なのはプラトンである。サドには、スピノザ主義と論証的理性があるとするなら、マゾッホには、プラトン主義と弁証法的想像力がある。マゾッホの中篇のひとつは「プラトンの愛」と題されており、ルートヴィヒ二世との情事のきっかけとなったものだ。[★4] そしてここでプラトン的に見えるのは、叡智的なものへの上昇ばかりでなく、弁証法的な反転、移動、仮装、二重化の技法全体でもある。ルートヴィヒ二世との情事において、マゾッホは当初じぶんの文通相手が男性なのか女性なのかわからず、最終的には相手が一人なのか二人なのかもわからなくなり、また情事をつうじて、じぶんの妻がいかなる役割を演じるのかもわからない――だがマゾッホは、どんな事態にも対処できるよう準備ができている。かれは機会を、好機《カイロス》をとらえる弁証法家なのである。プラトンは、愛する者であるように見えて、より深いところでは、愛される者であることが判明するソクラテスの姿を示した。別様のしかたではあるが、マゾッホの男性主人公は、専制的な女性によって教育され育成されるかにみえて、より深いところでは、男性主人公のほうがこの女性を育成し、かのじょに仮装させ、かのじょが男性主人公に浴びせかける容赦なき言葉を、かのじょ自身に吹き込むのである。犠牲者こそが拷問者をとおして、手心をくわえることなく語るのだ。弁証法が意味するのは、たんなる言説の循環ではなく、この種の転移や移動であって、それによって同じひとつの場面が、役割や言語の分配のさなかで生ずる反転と二重化にもとづいて、同時に複数の水準で演じられることになるのだ。

たしかにポルノロジー文学は、なによりまず、言語をそれじたいの限界、すなわち、一種の「非-言語」（語ることなき暴力、語られることなきエロティシズム）に関係させようとする。だがポルノロジー文学がこの課題を真の意味で成し遂げるのは、言語の内的な二重化によってのみである。すなわち、命令と描写の言語が、より高次の機能に向けて乗り越えられねばならない。個人的な要素が非人称的〔非個人的〕なもののなかにおのれの姿を反射させ、非人称的なものへと移行するのでなければならない。サドが普遍的な分析的《理性》をもちだすことで、欲望のなかにあるもっとも特殊なものを説明するにしても、だからといってサドが一八世紀に帰属することを示すたんなる符牒をそこに見いだすべきではないだろう。特殊性とそれに相関する妄想が、純粋理性の《理念》でもあるのでなければなるまい。そしてマゾッホが弁証法的精神、メフィストとプラトンとが結合した精神をもちだすにしても、だからといって、かれがロマン主義に帰属するという符牒のみを、そこに見いだすべきではないだろう。この場合も、弁証法的な精神の非人称的な《理想》

のなかで、特殊性がみずからを反射させるのでなければならない。サドにおいて、言語の命令的で描写的な機能は、論証的で制度的な純粋機能に向けて乗り越えられる。マゾッホにおいても、それは弁証法的で、神話的で、説得的な機能に向けて乗り越えられる。この分配法こそがふたつの倒錯の本質にふれる。それこそが怪物の二重の反射なのである。

描写の役割

これらふたつの高次の機能、すなわちサドの論証的機能とマゾッホの弁証法的機能から、描写とその役割や価値の観点をめぐる重大な差異が生じてくる。すでに見たように、サドの作品における描写は、より深遠な論証との関連で存在していたが、それでも描写は相対的な独立性を保っており、自由な諸形象という状態にあった。同様に、かれの描写はそれじたいで猥褻なものである。サドはこの挑発的な要素を必要としているのだ。マゾッホにおいてはもはや事情が異なる。たしかに比類なき猥褻さが、迫りくる脅威のなかに、広告や契約のなかに存在することもある。だが、それは必要不可欠ではない。ザッヘル＝マゾッホの作品全般が驚異的な品位をたたえていることに、讃辞さえ送らねばなるまい。どれほど猜疑心の強い検閲官であっても、『ヴィーナス』のうちに告発すべきなにも見つけられず、せいぜいマゾッホの小説全篇に漂う得体のしれぬ雰囲気を、得体のしれぬ息苦しさと宙吊りの印象をやり玉にあげるくらいのものだろう。多くの中篇におけるマゾヒズム的幻想を、民族的で民間伝承的な慣習や、子どもの無邪気な戯れや、恋する女性の冗談や、道徳的で愛国的な要請として押しとおすことくらい、マゾッホにはたやすいことだ。男性たちは、古来の慣習にしたがって、饗宴の熱気のなかで女性の短靴から酒を飲むし（『サフォーの部屋履き』）、うら若い娘たちは、恋人に熊や犬ごっこをさせ、小さな馬車に身をくくりつけるよう求めるし（『魂を漁る女』）、からかうのが好きな恋する女性は、恋人がかのじょに与えた白紙委任状を利用するかの如く振舞うし（『白紙』）、より真剣な事例では、愛国者の女性は、トルコ人たちのもとにみずから赴き、じぶんの夫を奴隷として差しだし、パシャ「オスマン帝国の高官」におのれの身をゆだねるが、それは街を救うためなのである（『ビアロポルのユディット』）。すでにこれらの事例のいずれにおいても、様々な異なる手法で辱められる男には、おそらく、まさしくマゾヒズム的な「二次的恩恵」と呼ぶべきものがあるだろう。いずれにせよマゾッホは、おのれの作品の大半をばら色の様式で呈示するにしても、まさしくその際に、多種多様にわたる動機によって、運命的な引き裂かれんばかりの状況の要請によって、マゾヒズムを正当化するのだ（逆にサドがこの手法を試みるときは、だれをも欺こうとしなかった）。だからこそ、マゾッホは呪われた作家などではなく、誉め讃えられる栄誉ある作家だったのである。かれにあって譲ることのできないマゾヒズムの持ち分でさえも、かならずスラヴ的な民間伝承や、小ロシアの魂の表現としてその姿をあらわす。小ロシアのツルゲーネフと呼ばれていたのだ。あるいは、セギュール伯爵夫人といってもよいだろう〔セギュール夫人はアシェット社の児童向けシリーズ「ばら色叢書」の作品で知られる作家〕。たしかに、マゾッホ自身がその作品の暗黒版を提示することもあろう。たとえば、『ヴィーナス』、『聖母』、『若返りの泉』、『プスタのハイエナ』は、マゾッホの動機に本来の厳格さと純粋さを回復させている。だが、暗黒《ノワール》であろうがばら色《ローズ》であろうが、描写は依然として品位をたたえたままだ。拷問者の女性の身体は毛皮で覆われ、犠牲者の身体は奇妙な未決定状態のままであり、この未決定状態を局所的に打開するのは、犠牲者の身体が受ける打擲でしかない。描写をめぐるこの二重の「移動」を、どのように説明すべきだろうか。私たちは以下の問いに立ち戻ることになるだろう。すなわち、なぜサドにおける言語の論証的機能が猥褻な描写をふくむ一方で、マゾッホにおける弁証法的機能はそうした描写を排除するのか、あるいは少なくとも本質的にそれを内包するわけではないのか。

サドの作品において駆動するのは、否定のまったき広がりであり、まったき深層である。とはいえ、ふたつの水準を区別せねばなるまい。すなわち部分過程としての否定的なものと、全体化する《理念《イデア》》としての純粋否定である。これらふたつの水準は、クロソウスキーがその重要性を示した、サドによるふたつの自然の区別に対応している。二次的自然とは、おのれ自身の規則とおのれ自身の法にしたがう自然である。そこには否定的なものがいたるところにあるが、しかし、すべてが否定であるわけではない。破壊はいまなお創造や変身の裏面にすぎず、無秩序はある別の秩序であり、死の腐敗は生の構成でもある。否定的なものはそれゆえいたるところにあるが、しかし死と破壊の部分過程としてのみ存在するのだ。そこからサドの主人公の幻滅が生まれる。というのも、この自然は絶対的な犯罪が不可能であることを示しているようにおもわれるからだ。「そう、私は自然を忌み嫌う……」。他者の味わう苦痛がじぶんにとっては快になると考えたところで、慰めにさえならないだろう。《自我》のこうした快が意味するのは依然として、否定的なものは、積極性の裏面として到達されるにすぎないということである。個体化、それに界［動物界、植物界、鉱物界という「三界」の区分けのこと］や種の保存が示しているのは、二次的自然の有する狭搾な制限にほかならない。それに対立するのが一次的自然の観念である。この自然は純粋否定の担い手であり、界や法のうえに位置し、創造し保存し個体化する必要性をも免れているだろう。あらゆる基底の彼岸にある無底、本源的な妄想、猛り狂い引き裂く諸分子のみからなる原初的なカオス。法王のいうように、「三界を同時に攪乱し、その生産能力もろとも三界を破滅させる犯罪者こそ、もっとも《自然》に貢献する者にちがいない[10]」。だがまさに、この本源的自然が、所与として与えられることなどありえない。二次的自然のみが経験の世界を形成するのであって、否定は、否定的なものの部分過程のなかで、所与となるにすぎない。それゆえ本源的自然とは必然的に《理念》《イデア》の対象であり、純粋否定とは妄想なのだが、ただし理性そのものの妄想なのだ。合理主義は、サドの作品に貼りつけられた「鍍金《メッキ》」などではまったくない。かれは理性に固有の妄想の観念まで突き進まねばならなかったのだ。そしてお気づきのとおり、ふたつの自然の区別はそれじたい、諸要素の区別に合致し、それを基礎づけている。個人的な要素は、否定的なものの派生的な力能を体現している。それは、サディストの《自我》がなおも二次的自然に参与し、この自然を模倣する暴力行為を産出してゆくしかたを表象している。それに対して非人称的＝非個人的な要素は、否定の妄想的観念としての一次的自然と関連しており、サディストが二次的自然とともにおのれ自身の《自我》をも否定するそのしかたを表象している。『ソドムの百二十日』で、リベルタンは「ここにある対象」ではなく、ここにない《対象》、すなわち「悪の観念」によって興奮するといい放つ。ところでこの存在しないものの観念、この《否《ノン》》や否定の観念は、経験のなかで所与として与えられることもなければ、そうなりうるものでもなく、論証の対象でしかありえない（たとえ私たちが眠っていたとしても、たとえそれが自然のなかに存在せずとも、その充全たる意味を保ちつづける真理について数学者が語るような意味において）。だからこそ、サドの主人公たちは、推論の全能性によってのみ到達可能なあの観念に比べるなら、じぶんたちの現実の犯罪があまりにちっぽけなものであるのを見て絶望し、怒り狂いもするのである。かの主人公たちは、普遍的で非人称的な犯罪を夢見る。あるいはクレールウィルの述べるように、「たとえ私が活動をやめても、そのたえざる効力が作用しつづけるため、たとえ睡眠中といえども、私がなんらかの無秩序の原因とならぬことなど生涯のなかで一瞬たりとてない」[11]ような、そんな犯罪を夢見る。それゆえリベルタンにとって問題なのは、ふたつの要素のへだたりを埋めること、すなわち、じぶんが実際に手にしている要素とじぶんが思考する要素、派生的なものと本源的なもの、個人的なものと非人称的なものとのへだたりを埋めることである。サン＝フォンの体系（サドのあらゆるテクストのなかでも、理性の純粋妄想をもっとも深遠なしかたで展開している）が問うのは、いかなる条件下において、二次的自然によって引き起こされる「苦痛B」が、権利上、一次的自然のなかで無限に反響し、再生産されうるようになるのかという点である。これこそサドにおける反復と、サディズムの単調さの意味にほかならない。だが実践的には、リベルタンは二次的自然から借り受けた帰納的な部分過程によって、全体的な論証を例示するという役回りに制限されてしまう。リベルタンには部分的暴力の運動を加速させ、圧縮させることしかできないのだ。加速は、犠牲者とその苦痛を増殖させることによって実現される。圧縮のほうが意味するのは、暴力はおもいつきと飛躍によってまき散らされるのでもなければ、暴力に期待される快、私たちをたえず二次的自然に縛りつける快によって導かれるのですらなく、むしろ冷血に遂行されるのであり、この冷淡さじたい――論証的な思考としての思考の冷淡さ――によって圧縮されるということである。これこそリベルタンの名高い無感情であり、ポルノロジー作家の冷血であって、サドはそれをポルノグラフィ作家の嘆かわしい「熱狂」に対置するのだ。熱狂とは、まさにかれがレチフ〔・ド・ラ・ブルトンヌ〕を非難する点である。サドが（公的な釈明においていつもそうしていたように）、以下の如く述べるのは間違いではない。かれ、すなわちサドは、少なくとも、悪徳が悦ばしいものであるとか、嘲笑すべきものであると示したわけではない、かれは悪徳が無感情であることを示したのだ。そしておそらく、この無感情から強度の快が発生する。だが究極的にいうなら、もはやそれは二次的自然《ナチユール》に与る《自我》の快ではなく（たとえそれが犯罪的な本性《ナチユール》をもつ犯罪的な自我だったとしても）、逆に、私の内部と私の外部にある自然＝本性《ナチユール》を否定する快であり、《自我》じたいを否定する快なのだ。つまり一言でいうなら、論証の快なのである。

サディストが論証を展開するためにもちいる手段を考察してみると、論証機能が描写機能をしたがえ、冷淡なしかたでそれを加速させ、圧縮していること、しかし、論証機能が描写機能なしで済ませることは決してできないことがわかるだろう。量的かつ質的に、精緻な描写が存在せねばならないのだ。この事実が、次のふたつの点にかかわってくる。すなわち残酷な行為と、おぞましい行為であり、リベルタンの冷血はそれを快の源泉とするのである。「ふたつの異常さに驚いたようだね」と『ジュスチーヌ』の修道士クレマンはいう、「世間で厭らしいとか不潔とかいわれていることが、我々の同志に刺激的な感覚を引き起こすことに仰天したろう。そればかりでなく、きみにとって残虐さの象徴以外のなにものでもない行為が、私たちの享楽的な官能を揺さぶることに驚愕したろう……」[12]。このふたつの手段をとおして、すなわち描写の仲介と、加速させ圧縮させる反復の仲介によって、論証機能はその最高の効果を発揮しうるようになる。つまり猥褻な描写の存在は、サドにおける否定的なものと否定の構想全体に、その基礎をもつということがあきらかになるのだ。

『快原理の彼岸』において、フロイトは生の欲動と死の欲動、《エロス》と《タナトス》を区別する。だがこの区別は、いっそう深遠な別の区別によって、すなわち死や破壊の諸欲動そのものと、死の本能とのあいだの区別によって、はじめて理解しうるものとなる。なぜなら、死と破壊の諸欲動が、無意識のなかで所与として与えられ現前化されるとき、つねに生の欲動と混ざりあっているからである。《エロス》との結合は、《タナトス》の「現前化」の条件のようなものである。それゆえ破壊や、破壊のなかにある否定的なものは、必然的に、快原理にしたがう構成や統一の裏面として現前化される。この意味でフロイトは、無意識のなかに《否《ノン》》（純粋否定）が見いだされることはない、なぜならそこでは反対物が合致するからだと主張しうるのである。私たちが死の本能について語るときは、逆に、純粋状態の《タナトス》を指し示している。ところで《タナトス》そのものは、たとえ無意識においてであれ、心的な生における所与とはなりえない。フロイトが卓抜なテクストで述べるように、それは本質的に沈黙するのである。だが、私たちはそれについて語らねばならない。私たちがそれについて語らねばならないのはなぜかといえば、あとで見るように、《タナトス》が心的な生の根拠として、根拠以上のものとして規定されうるからだ。私たちはそれについて語らねばならない、なぜならすべてがそれに依存しているからだ。とはいえ、フロイトが正確を期して述べるように、私たちはあるいは思弁的、あるいは神話的な手段に頼らなければ、それについて語ることができない。《タナトス》そのものを指示するために、フランス語における本能（instinct）という名を維持しておかねばなるまい。この名だけがかくなる超越を示唆すること、あるいはかくなる「超越論的」原理を指示することができるのだ。

死や破壊の諸欲動と、死の本能とのこうした区別は、まさにサドにおけるふたつの自然やふたつの要素の区別に対応するようにおもわれる。サドの主人公はここで、死の本能（純粋否定）を、論証のかたちで思考するという課題をみずから引き受けながら、部分的な否定や破壊の諸欲動の動きを増殖させ、圧縮することによってでしか、この課題を実行しえない者として立ちあらわれるのだ。だが問いは次のようなものとなろう。すなわち、サド的な思弁的方法のほかに別の「方法」はないのだろうか。

フロイトにおいては、きわめて多種多様な名目のもと、否認の過程にかかわる抵抗の分析が見いだされる（J・ラカンがその重要性をまるごと示してみせた否定（*Verneinung*）、排除（*Verwerfung*）、否認（*Verleugnung*））。否認全般は否定よりも、また部分的破壊などよりも、遥かに表層的であるように見えるかもしれない。だがまったくそんなことはない。問われているのはまったく別の操作である。否認とはおそらく、否定することや破壊することですらない操作の出発点として理解されるべきなのだ。それはむしろ、一種の宙吊り、中性化によって、現に存在するものの妥当性に異議を申し立て、現に存在するものを触発する操作の出発点なのであり、この宙吊りや中性化は、所与の彼方に、所与として与えられない新たな地平をひらくことを特徴とするのだ。フロイトの挙げる最良の事例はフェティシズムである。フェティッシュとは、女性のファルスのイマーゴないし代替物である。すなわち、女性にペニスが欠けているということを、私たちが否認する手段なのだ。フェティシストは、子ども時代に不在に気づくまえに、じぶんが見た最後の対象をフェティッシュとして選ぶ（たとえば、足から上に昇ってゆくまなざしにとっての靴）。フェティシストは、この対象への、この出発点への回帰によって、異議にさらされる器官の存在を権利上維持することが可能になるのだ。それゆえフェティッシュとは、まったく象徴などではなく、固定され凝固した画面であり、静止したイメージであり、運動のもたらす不愉快な帰結や、探索のなかでの不愉快な発見を祓い除けるために、人がたえず舞い戻る写真なのだ。フェティッシュは人がまだ信じることのできた最後の瞬間を表象するだろう……。この意味でフェティシズムとはまず否認であり（いや、女性はペニスを欠いてなどいない）、第二に、防衛的な中性化であり（なぜなら、否定において生じる事態とは逆に、現実の状況にかんする認識は存続するが、しかしそれがいわば宙吊りにされ中性化されるからだ）、第三に、理想化する防衛的な中性化である（なぜなら、ここでは女性のファルスを信じることが、現実界《レエル》に対抗する理想《イデアル》の権利行使として経験され、また、この信じることじたいが、理想のなかで中性化され宙吊りにされるからである。そしてそれによって、現実の認識がもたらしうる損害が、いっそう巧みに無化されるのだ）。

否認と宙吊りの過程によってかくの如く定義されるフェティシズムは、本質的にマゾヒズムに帰属する。それがサディズムにも帰属するのか、という問いはきわめて錯綜したものとなる。たしかにサディストによる殺人の多くは、たとえば衣服の八つ裂きなど、争いでは説明のつかない儀礼的身ぶりをともなうものだ。だがフェティシストが、おのれのフェティッシュにかんして示すことになっているサド＝マゾヒズム的な両義性を語るのは誤りであり、仮にそうするなら、サド＝マゾヒズムという実体を安易に生みだす羽目になってしまうだろう。きわめて異なるふたつの暴力、すなわち、フェティッシュに対する可能的な暴力と、フェティッシュそのものの選択と構成のみを司る別の暴力（たとえば「編み込んだお下げ髪を切り取る男」[★5]）とを混同してしまうという、あまりに強力な傾向があるのだ。いずれにせよフェティッシュがサディズムに帰属するのは、二次的で歪んだしかたでしかないようにおもわれる。すなわちフェティッシュが、否認や宙吊りとの関係という本質的な唯一のものを断ち切り、まったく別の文脈へと、否定的なものと否定という文脈へと移動し、サディズム的な圧縮に奉仕するかぎりにおいて、はじめてフェティッシュはサディズムに帰属するのである。

逆に、本来の意味でのフェティシズムなきマゾヒズムなど存在しない。マゾッホがその理想主義ないし「超-官能主義」を定義するしかたは、一見すると凡庸なものにおもわれる。重要なのは、『離婚した女』でマゾッホが述べるように、世界が完璧なものだと信じることではなく、逆に「翼をつけ」[◆13]、この世界から夢のなかへと逃走することにある。それゆえ問われているのは、世界を否定したり、破壊したりすることではないし、ましてや世界を理想化することでもない。肝心なのは世界を否認すること、否認しながら世界を宙吊りにすることであり、それによって、それじたい幻想のなかで宙吊りにされている理想に向かって、おのれをひらくことなのである。人は現実界の妥当性〔適法性〕に異議を申し立てることで、純粋で理想的な根拠を現出させる。こうした操作は、マゾヒズムの法的な精神と完璧に合致する。この過程が本質的にフェティシズムに通じているのは驚くにあたらない。マゾッホとその主人公たちの主要なフェティッシュは、毛皮であり、靴であり、鞭そのものであり、マゾッホが好んで女性にかぶらせる奇妙な帽子であり、『ヴィーナス』の仮装である。すでにふれた『離婚した女』の一場面では、フェティッシュの二重の次元と、それに対応する二重の宙吊りがあらわれるのが見てとれる。すなわち主体の一部分が現実を認識しながら、その認識を宙吊りにしてしまう一方で、主体の他方の部分は宙吊りになって理想にぶら下がるのである。科学的な観察の欲望があり、次いで神秘的な観照がある。さらに、マゾヒズムの否認過程があまりに遠くまで進むと、性的な快そのものを対象とするようになる。最大限まで延期された快が、否認にみまわれるなら、マゾヒストはまさしく快を感じる瞬間に、その現実を否認し、「性《セクシユアリテイ》なき新たな人間」に同一化しうるようになるのだ。

マゾッホの小説にあっては、宙吊りにおいてすべてが頂点を迎える。小説に純粋状態の小説的仕掛けとしての宙吊り《サスペンス》の技法を導入したのは、マゾッホだといっても過言ではあるまい。それはたんに、拷問と苦痛というマゾヒズムの儀式が、実際に肉体的な宙吊りを遂行するからというだけではない（主人公が鉤にかけられ、磔にされ、宙吊りにされる）。むしろ拷問者の女性が凝固した姿勢をとることで、彫像や肖像画や写真と同一化するからなのである。かのじょが鞭で叩くしぐさや、毛皮をわずかにひらくしぐさを宙吊りにするからなのである。その姿勢を静止させる鏡に、かのじょの姿が映るからなのである。あとで見るようにこの「写真的」な場面、反射し静止したこのイメージは、マゾヒズム全般、とりわけマゾッホの芸術という二重の観点から、きわめて大きな重要性を帯びることになる。それはマゾッホが小説にもたらした創造的な寄与のひとつなのだ。さらにマゾッホにおいては、いわば凝固した滝のように、同じ場面が異なる側面から取りあげなおされる。たとえば『ヴィーナス』では、拷問者の女性の誇張的な場面が、様々な作中人物によって夢見られ、演じられ、真剣に実行され、再配分され、位置をずらされるのである。マゾッホにおける美的で劇《ドラマ》的な宙吊りは、サドに見られる機械的で累積的な反覆とは対照的なものだ。実際、宙吊りの技法は、我々をたえず犠牲者の側におき、犠牲者に同一化するよう強いる一方で、反復における累積と性急さは、我々をむしろ拷問者の側に移行させ、サディストの拷問者に同一化するよう強いると指摘しうるだろう。反復はそれゆえ、サディズムとマゾヒズムにおいて、ふたつのまったく異なる形態を帯びることになるのだが、それは反復がおのれの意味を、サディズムの加速と圧縮に見いだすか、それともマゾヒズムの「凝固」と宙吊りに見いだすかによるのである。

このことだけで、マゾッホに猥褻な描写が存在しない理由を説明するには充分だろう。描写機能は存続するが、猥褻さはすべて否認され、宙吊りにされるのであり、あらゆる描写がいわば、対象そのものからフェティッシュへ、対象の一部分から別の部分へ、主体の一部分から別の部分へと移動しずれてゆく。唯一存続するのが、重苦しく奇妙なある雰囲気、あまりに重たい香水のようなものであり、それが宙吊りのなかに広がり、あらゆる移動に抵抗するのだ。マゾッホについて、サドとは逆にこれほどの品位をもって、かくも遠くまで進んだ者などいまだかつて一人もいないといわねばなるまい。雰囲気の小説、ほのめかしの芸術――これこそ、マゾッホの小説的創造の別の側面をなすのである。サドの舞台装置、たとえばサド特有の城は、影と光の凶暴な法のもとにあり、それが残酷な住人たちの身ぶりを加速させる。

だがマゾッホの舞台装置、その重たい垂れ幕、親密な閉塞感、閨房や衣裳部屋は、明暗によって支配されており、そのなかに宙吊りにされたしぐさや苦痛だけが浮かびあがる。マゾッホとサドには、まったく異なるふたつの言語があるように、ふたつの芸術がある。この第一の差異を要約してみよう。サドの作品において、指令語と描写は、より高次の論証機能に向けて乗り越えられる。この論証機能は能動的《アクティフ》過程としての否定的なものと、純粋理性の《理念》としての否定からなる総体に依拠している。それは描写を温存し加速させながら、描写のなかに猥褻さを充満させてゆくのである。マゾッホの作品においては、指令語と描写が同じく高次の機能に向けて、神話的ないし弁証法的な機能に向けて乗り越えられる。この機能は反作用的《レアクティフ》過程としての否認と、純粋想像力の《理想》としての宙吊りからなる総体に依拠している。したがって描写は存続するが、ずらされ、凝固され、ほのめかされ、品位あるものとなる。サディズムとマゾヒズムの根本的な区別は、対照的なふたつの過程として、すなわち一方の否定的なものと否定の過程と、他方の否認と宙吊りの過程として立ちあらわれる。サディズムが、決して所与として与えられない死の本能を把握する、思弁的で分析的な方法を表象する一方で、マゾヒズムは神話的で弁証法的で、想像的なまったく別の方法を表象しているのだ。

サドとマゾッホの相補性はどこまで及ぶのか

サドとマゾッホのおかげで、文学は名づけることに役立つものとなる。ただし世界を名づけるのではなく――なぜならそれはすでになされているのだから――、世界の暴力と過剰さをとり集める力をもつ、一種の世界の分身を名づけるのである。興奮のうちにひそむ過剰なものが、ある意味、エロスを帯びるといえるだろう。だからこそ、世界の鏡として役立ち、世界の過剰さを映しだし、世界から暴力を引きだす特性を有するエロティシズムは、暴力を官能に奉仕させるほどに、暴力を「精神化する」と自負するのである（サドは、『閨房哲学』において、二種類の悪意を区別しているが、その一方は世界中に散種されている愚かな悪意であり、他方は官能性を帯びることによって純化され、熟慮され、「知的」になる悪意である）。そしてこうした文学の言葉が、今度は、言語のうちにいわば言語の分身を形成するのであり、この分身によって、言語は官能にじかに作用する力を帯びるのである。サドの世界はまさに倒錯的な分身にほかならず、そこに、起源から八九年の革命〔フランス革命〕までの、自然と歴史のあらゆる運動が映しだされるとみなされるのだ。壁で囲まれた孤立せる城の奥底で、サドの主人公たちは世界を再構成し、「心の歴史」を再生産しようとする。かれらは自然と慣習を援用し、その双方が有するあらゆる力能を蒐集し、アフリカ、アジア、古代など、いたるところでそうした権力から、感性的な真理や、まさしく官能的といえる合目的性を解き放とうとする。皮肉なことにかれらは、これから「共和主義者」になろうとするフランス人には、いまだになしえない努力を示してみせるまでに到るのだ。

同種の野心はマゾッホにもみられる。起源からオーストリア帝国における一八四八年革命までの、自然全体と歴史全体が倒錯的な分身のなかに映しだされねばならない。「時代を超える残酷な愛……」。マゾッホにとって、オーストリア帝国の様々なマイノリティこそが、様々な慣習と命運のくみ尽くしえない宝庫であった（ここから生まれるのが、かれの作品の大半をなすガリツィア、ハンガリー、ポーランド、ユダヤ、プロシアの物語である）。『カインの遺産』という総題のもと、マゾッホが構想したのは「全体的」作品、人類の博物誌を表象する諸篇からなる作品群《サイクル》であり、そこには六つの大きな主題がふくまれている。すなわち恋愛、所有、金銭、国家、戦争、死である。これら一つひとつの力能に、無媒介的な感覚的残酷性を回復させてやる必要があった。そしてカインの徴のもとでは、カインの鏡のなかでは、なぜ大公、貴人、外交官に、殺人者と同じ徒刑場や絞首台がふさわしいかを理解する必要があった。★6 マゾッホが夢想していたのは、一八四八年革命の勝利を確実なものとし、汎スラヴ主義を統合するためには、美しき専制君主、おそるべき女帝がスラヴ人に欠けていたということであった……。スラヴ人よ、革命的でありたければさらなる努力を。

サドとマゾッホの共謀、相補性はどこまで及ぶのだろうか。サド゠マゾヒズムという実体はフロイトによって発明されたものではなく、クラフト゠エビングにも、ハヴロック・エリスにも、フェレにも見られるものだ。苦痛を引き起こす快と、苦痛を蒙る快とのあいだに奇妙な関係があるということは、すべての回想録作者や医者が予感していたことであった。さらには、サディズムとマゾヒズムの「遭遇」、両者がたがいに投げかけあう合図は、サドの作品にもマゾッホの作品にも明瞭に書き記されているようにおもわれる。サドの作中人物には一種のマゾヒズムがある。

たとえば『ソドムの百二十日』には、リベルタンがおのれに科させる拷問と侮辱が詳細に記されている。サディストは鞭打つことと同じくらい、鞭打たれることをも愛しているのだ。『ジュリエット』において、サン＝フォンは、かれ自身を鞭打つ任務を与えておいた男たちにあえて襲われるし、ボルゲーズは次のように叫ぶ。「錯乱への耽溺が誘う運命に、最低の人間として引き摺りまわされたいのだ。絞首台だって私にとっては悦楽の玉座になるだろう」[14]。逆に、マゾヒズムにも一種のサディズムがある。試煉の果てに、『ヴィーナス』の男性主人公ゼヴェリーンは、快癒したことを宣言し、女性たちを鞭打ち虐待するのであり、「鉄床」よりも「槌」でありたいと願うのだ。

だが、すでに注目に値するのは、いずれの場合においても、転倒が試みの果てに到来するという点である。ゼヴェリーンのサディズムとは一個の終着点なのだ。罪を贖うことによって、罪を贖うという欲求を満足させることによって、マゾッホの主人公は処罰が禁止するはずだった事柄を、最終的にじぶんに許可するといえるだろう。前景に置かれる苦痛と処罰こそが、まさしくそれが禁止するはずであった悪の遂行を可能にするのだ。サドの主人公の「マゾヒズム」はというと、サディズムを遂行したその果てにあらわれるのだが、それはまさに、サディズムの遂行の究極的な限界として、そうした遂行を誉め讃える栄光に包まれた汚辱の報償としてあらわれる。リベルタンは、他者に対して行ったことが、じぶんにもなされるのをおそれなどしない。リベルタンに科される苦痛が最終的な快となるのは、この苦痛が罪を贖おうとする欲求や罪責感情を満たすからではなく、逆にこの苦痛が、かれの譲渡しえない力能に確証を与え、かれに至高の保証を授けるからなのだ。侮辱と屈辱のもとで、苦痛のなかで、リベルタンは罪を贖うわけではない。そうではなく、サドのいうように、「こんな扱いをされるのに値するくらい充分遠くまで進んだということを、じぶん自身のうちで享楽するのだ」[15。モーリス・ブランショは、かくなる絶頂からあらゆる帰結を引きだしている。「こうした点に鑑みるなら、描写の類比にもかかわらず、ザッヘル＝マゾッホにマゾヒズムの発案者の資格を、サドにサディズムの発案者の資格をあてがうのは、妥当なことのようにおもわれる。サドの主人公たちにあって、堕落することの快が、かれらの支配を損ねることは決してなく、おぞましさがかれらをより高位に押しあげるのである。羞恥心、良心の呵責、被虐趣味と呼ばれる感情一切は、かれらにとって相変わらず無縁のものでありつづけている」[★7]。

それゆえ、サディズムとマゾヒズムのあいだで生ずる反転全般について語るのは、困難であるようにおもわれる。むしろ逆説的な二重の生産があるのだ。すなわち、マゾヒズムの果てになされるある種のサディズムのユーモアに満ちた生産と、サディズムの果てになされるある種のマゾヒズムのアイロニーに満ちた生産である。だがマゾヒストのサディズムがサドのものであるとか、サディストのマゾヒズムがマゾッホのものであるといった考えはきわめて疑わしい。マゾヒズムのサディズムは罪を贖うことによって生まれるのだし、サディズムのマゾヒズムは罪を贖わないという条件のもとで生まれるのである。あまりに性急に主張されるサド＝マゾヒズムの一体性は、大ざっぱな症候群に陥ってしまう危険があり、真の兆候学の要請に応えていない。サド＝マゾヒズムは先に我々の語った混乱の一部をなしているのではないか、この混乱はうわべ上の一貫性しか具えておらず、たがいを排除しあう臨床的一覧表のなかで、切り離されるべきではないだろうか。兆候の問題とはもう訣別したなどと、あまりに性急に信ずるべきではない。きわめて多岐にわたる兆候を恣意的に混ぜあわせ、統一してしまっている症候群を解体するために、問いを零から取りあげなおさなければならないことだってあるのだ。この意味において我々は、マゾッホのうちには、サド自身よりもさらに遠くまで進み、偽の一体性を解体しうるあらゆる種類の理性と直観をもたらす、偉大な臨床家がいるのではないかと自問したのだ。

一体性への信仰の基礎にはまず、嘆かわしいあいまいさと安易さがあるのではないか。なぜなら、サディストとマゾヒストが遭遇しなければならないということが、まるで自明のことのように考えられているからだ。一方が被虐を、他方が加虐を好むという事実が、この相補性を定義するように見えるがゆえに、遭遇が起こらないとなれば、心外だということになるのだろう。そんなわけで笑い話としてサディストとマゾヒストの遭遇が語られるわけだ。マゾヒストのほうが、「痛めつけてくれ」という。するとサディストが、「断る」というわけだ。笑い話のなかでも、これは殊に愚かなものである。こんなお話は決して起こりえないというだけでなく、倒錯世界の価値評価をめぐる間抜けな謬見に満ちあふれているからだ。いずれにせよ、こんなお話が不可能だという点に変わりはない。真のサディストは、犠牲者がマゾヒストであることに決して耐えられないだろう（修道士の犠牲になる一人は『ジュスチーヌ』において、こうはっきり述べている。「あの人たちにとって、犯罪は涙を強いるものでなければならず、みずから身をゆだねる娘など突き返してしまうでしょう」[16])。だがそれ以上に、マゾヒストは、真のサディストの拷問者には耐えられないだろう。たしかにマゾヒストは、拷問者の女性にある種の本性を求めるが、マゾヒストはみずからこの「本性」を育て、念入りに秘せられた計画にもとづいて教育し、説得しなければならないのであり、サディストの女性がいれば、その計画は完全に頓挫してしまうにちがいない。ワンダ・ザッヘル＝マゾッホは、ザッヘル＝マゾッホが、サディストの女友だちの一人にほとんど興味を示さないことに驚いているが、的外れであろう。逆に批評家たちは、ワンダが手練手管をもちいつつもぎこちなく、なんとはなしに純真なみずからのイメージを呈示しようとするとき、嘘をついているのではないかと疑っているが、それも勘ちがいにすぎない。たしかにマゾヒズムという状況総体のなかで、ある役割を演ずるサディストの人物は存在する。マゾッホの小説は、あとで見るように、そうした事例に事欠かない。だがその役割は決して直接的なものではなく、それに先立って存在する状況総体のなかでしか理解しえないものなのだ。拷問者の女性が、かのじょに対して支援を申し出るサディストの人物を信用することはない。あたかもふたつの企てが両立しえないことを感じ取っているかのように。『魂を漁る女』のなかで、ヒロインのドラゴミラは、かのじょ自身のことをサディストで残酷な女だとみなす、残酷なボフスラーウ・ソルテュク伯爵に対してこう語っている。「あなたは残酷さから人を痛めつけていますが、私は神の名において罰したり殺したりするのであって、そこには憐みも、憎しみもありません[17]」。

実際、我々には以下の自明の事実を等閑視しすぎてしまう傾向がある。すなわち、マゾヒズムにおける拷問者の女性がサディストではありえないのは、まさしくかのじょがマゾヒズムのうちにいるからであり、つまり、かのじょはマゾヒズム的な状況にとって必要不可欠な部分であり、マゾヒズムの幻想が実現された要素だからなのだ。拷問者の女性はマゾヒズムに属する。それはかのじょが犠牲者と同じ嗜好をもつという意味ではなく、サディストには決して見られない「サディズム」を有しているからであって、それはマゾヒズムの分身や反射としてのサディズムなのだ。同じことがサディズムについてもいえるだろう。犠牲者がマゾヒストではありえないのは、犠牲者が快を感じてしまうなら、リベルタンは悔悟するというばかりでなく、サディストの犠牲者が全面的にサディズムに帰属しており、状況の不可欠な部分であり、奇妙なことにサディストの拷問者の分身としてあらわれるからなのだ(その証拠に、サドには、相互に反射しあう二冊の偉大な書物があり、そこでは悪徳に満ちた女性と美徳に満ちた女性、すなわちジュリエットとジュスチーヌのふたりが姉妹なのだ)。サディズムとマゾヒズムを混同してしまうのは、ふたつの実体の抽象化によってことをはじめ、サディストをその世界から独立させ、マゾヒストをその世界から独立させてしまうときである。ひとたびサディストとマゾヒストからその環世界を、その肉と血を奪いとってしまうなら、このふたつの抽象物が一緒になって調和することが、至極当然であるかの如く考えられてしまうのだ。

サディストによる犠牲者自身がサディストであると述べたり、ましてやマゾヒズムの「女性」の拷問者自身がマゾヒストであると述べたりすることが問題なのではない。そうではなく、クラフト=エビングが依然として堅持する二者択一、すなわち「女性」の拷問者は真のサディストであるか、さもなければ、そう装っているにすぎない、という二者択一を拒まねばならないのである。我々が主張してきたのは、拷問者の女性が全面的にマゾヒズムに帰属するということであり、その人物像はたしかにマゾヒストではないが、しかしマゾヒズムの純粋な一要素であるということである。倒錯における主体（人物）と要素（本質）とを区別することによって、ある人物がおのれの主体的な運命から逃れながら、しかし、じぶんの置かれた嗜好の状況のなかで要素としての役割を担うとき、どうしてこの運命から部分的にしか逃れられないのかを理解しうるようになるだろう。拷問者の女性がおのれ自身のマゾヒズムから逃れるのは、この状況のなかでみずから「マゾヒスト化」することによってなのだ。かのじょがサディストであると信じたり、サディストを演じていると信じることさえ誤りである。マゾヒストの人物が、幸運にも、サディストの人物に遭遇すると信じるのは誤りである。あるひとつの倒錯に属するそれぞれの人物が必要としているのは、同じ倒錯の「要素」のみであって、別の倒錯に属する人物ではない。マゾヒズムという枠組のなかで、拷問者の女性の類型の観察がなされるたびに、じつのところかのじょは真のサディストでも、偽のサディストでもなく、まったく別のものであること、すなわちマゾヒズムに本質的に帰属しながら、マゾヒズムの主体性を実現することはなく、マゾヒズム以外のものではありえない展望のなかで、「苦痛を与える」要素を体現していることがわかるだろう。だからこそマゾッホの主人公たち、それにマゾッホ自身は、発見するのが困難な女性のある種の「本性」を探し求めることになるのだ。主体としてのマゾヒストは、マゾヒズムのある種の「本質」を必要としているのであり、それはじぶん自身の主体的なマゾヒズムを断念する女性の本性のなかで実現される。主体としてのマゾヒストは、サディスト的な別の主体を必要としているわけでは決してないのだ。

たしかに、サド゠マゾヒズムが語られるとき、たんに人物同士の外的な遭遇のみが示唆されているわけではあるまい。だが、この外的な遭遇という主題が、たとえ無意識のなかに浮遊する「機知」という資格であれ、作用しつづけているという事実が消えてなくなるわけではない。サド゠マゾヒズムという考えを取りあげなおすとき、フロイトはそれをいかに発展させ、刷新するのだろうか。第一の論法は、同じ人物のなかでの、本能と欲動の内的な遭遇というものである。「性的関係において、苦痛を与える快を味わう者は、同様に、じぶんの感じる苦痛を享楽することもできる。サディストはつねに、同時にマゾヒストである。だがそれによって、倒錯の能動的な側面か、受動的な側面のいずれかが支配的となり、優勢な性的活動を特徴づけることが妨げられるわけではない」★8。第二の論法は経験の同一性である。サディスト以外の何者でもないサディストが、苦痛を与える快を味わいうるためには、まず、じぶんの味わった快と蒙った苦痛との繋がりを実際に生きて経験したことがあるはずだというのである。フロイトがこの論法に言及するのが、サディズムはマゾヒズムに先行すると主張する第一のテーゼの展望のなかであるだけに、この論法はいっそう興味深いものとなるだろう。ところでフロイトは、二種類のサディズムを区別している。一方は、純粋な攻撃性のサディズムであり、勝利のみを追い求めるものである。他方は、快楽主義的なサディズムであり、他人の苦痛を探究するものである。この両者のあいだに挿入されるのがマゾヒストの経験であり、じぶんの味わう快とじぶん自身の苦痛との繋がりの経験である。サディストは、苦痛と快の繋がりを、まず「マゾヒズム的に」味わったことがなければ、他人の苦痛のうちに快を見いだすという発想を決して抱かなかっただろう。[★9] それゆえフロイトの当初の図式は見ため以上に複雑であり、次のような順序で生起する。攻撃性のサディズム──自己への反転──マゾヒズム的経験──快楽主義的なサディズム（投射と退行による）。経験の同一性という論法は、すでにサドのリベルタンたちが援用していたものであり、それゆえリベルタンたちが、いわゆるサド＝マゾヒズムの一体性に貢献してしまっているという点を指摘しうるだろう。ノワルスィユの説明によるなら、リベルタンはじぶん自身の「神経流体」の興奮との関連で苦痛を味わうのだ。そうだとするなら、かくも天分に恵まれた人間が、「みずから影響を受ける手段をもちいて、じぶん自身の享楽に役立つ対象を興奮させることを想像する」[18]としても、なんら驚くべきことではない。

第三の論法は変形論的なものである。この論法は性欲動が、その目的においても対象においても、相互に移行しあったり、みずから直接変形したりできると示すものである（自己の反対物への反転、自己に敵対する反転……）。ここでもまた、フロイトが変形論全般に対して極端に慎重な態度をとるだけに、事態はいっそう興味深いものとなるだろう。一方で、フロイトは進化に傾向があるなどとは考えていない。他方で、かれが欲動理論においてたえず堅持する二元論が、変形の可能性を特異なしかたで制限しており、一群の欲動と他方の欲動とのあいだでの変形は決して起こらない。それゆえ『自我とエス』において、フロイトは愛が憎悪へと、憎悪が愛へと直接変形するという仮説を明確に斥けているが、それはこれらの審級が質的に区別される欲動（《エロス》と《タナトス》）に依拠しているからなのだ。そもそもフロイトは、ダーウィンよりも遙かにジョフロワ・サン゠ティレールに近い。「人は倒錯者になるのではなく、倒錯者でありつづけるのだ」といった類いの定式は、畸形にかんするジョフロワの定式を引き写したものであり、固着と退行というふたつの重要概念は、ジョフロワの畸形学に直接由来するものだ（「成長の停止」と「後退」）。ところで、ジョフロワの観点は直接的変形としての進化をすべて斥けるものである。存在するのは、可能な諸類型と諸形態の位階序列だけであり、その位階序列のうちで、存在たちは遅かれ早かれ素早く〔成長を〕停止し、多かれ少なかれ深く退行するのである。事態はフロイトにあっても同様である。二種類の欲動の結合が表象するのは、諸形象の位階序列全体であり、その順序のなかで個体が遅かれ早かれ素早く停止し、多かれ少なかれ退行するのである。それだけにフロイトが倒錯にかんしてまったき多形論と、進化や直接的変形の可能性に身をゆだねているかに見えるのは、いっそう注目に値するといわねばなるまい。かれは神経症の形成物や文化的な形成物といった別の領域では、それを拒絶しているのだ。

これはつまり、サド゠マゾヒズムの一体性という主題が、フロイトの議論をつうじて、問題を引き起こしているということだ。部分欲動の概念でさえ、この意味からすると危険である。なぜならこの概念には、性的行動の諸類型の特殊性を忘却させる傾向があるからだ。主体が自由にしうるエネルギーは、特定の倒錯の企てにまるごと動員されるという事実を私たちは忘れてしまう。サディストとマゾヒストのいずれもおそらく、それぞれ異なる人物たちとともに、充足した完全なドラマを演ずるのであり、内面的にいっても外面的にいっても、かれらを交流させるものは一切存在しない。良きにせよ悪しきにせよ、交流しあうのは正常者だけなのだ。倒錯の次元において、様々な形成物や、特殊な具体的表現を、抽象的な「格子」——たとえば、ある表現から別の表現へと移行させる共通のリビドー素材——と混同してしまうのは謬見にすぎない。よくいわれるように、同じ人物がじぶんの与える苦痛と、じぶんの蒙る苦痛のいずれにも快を感じるという事実がある。さらには、よくいわれるように、苦痛を与えられることを好む人物が、みずからの最深部で、快とおのれの苦痛の繋がりを感じるという事実もある。問題は、これらの「事実」が抽象物ではないかどうかを知ることにかかってくる。快－苦の繋がりは、それが確立される具体的な形式的条件から抽象されてしまっている。快－苦の混合物が、サディズムとマゾヒズムに共通の、一種の中性的な素材とみなされているのだ。「おのれの快―おのれ自身の苦痛」という、より特殊な繋がりさえもが孤立させられ、この繋がりを結果として産出する具体的な形式から切り離されてしまうなら、サディストとマゾヒストが、この繋がりを等しいしかたで生き、同一的なしかたで生きると想定されてしまう羽目になるのである。前もってあらゆる進化や変形を正当化してしまう、こうした共通の「素材」から出発するのは、ただの抽象ではないか。たしかにサディストがおのれの蒙る苦痛に快を感じており、その点は疑いようがないにしても、果たしてそれはマゾヒストと同じしかたなのだろうか。そしてマゾヒストがおのれの科す苦痛に快を感じるにしても、サディストのようなしかたで感じているのだろうか。我々が舞い戻るのはいつも症候群の問題である。たがいに還元することのできない様々な障害に、共通の名をつけたにすぎないような症候群が存在している。生物学から我々が学ぶのは、進化の系統が存在することを主張する前に、どれほど用心を払わねばならないかという点である。諸器官の類比があったからといって、かならずしも、一方の器官から他方の器官への移行を意味するわけではない。近似的には連続しているといえる結果ではあるものの、実際にはたがいに還元しえない異質な形成物をふくんでいるものを、一本の同じ系統として繋げてしまい、それによって「進化論」を捏造してしまうのは、じつに由々しき事態なのだ。たとえば眼は、たがいに独立する複数の手段をとおして、多岐にわたる諸系列の果てに、類比した結果として、まったく異なる機序で産出されうるものである。同じことがサディズムとマゾヒズムについても、共通であるとされる器官としての快‐苦の複合体についてもいえるのではないか。サディズムとマゾヒズムの遭遇はたんなる類比にすぎず、それらの過程と形成物は相互にまったく異質なものではないだろうか――両者に共通の器官、両者の「眼」はやぶにらみではないだろうか。

マゾッホと三人の女性

マゾッホのヒロインたちの共通項として、豊満でたくましい体形、誇り高い性格、高圧的な意志、やさしさや純朴さのなかにさえ見られる一種の残酷性が挙げられる。東洋の遊女、おそるべきロシア皇后、ハンガリーやポーランドの女性革命家、主人たる家政婦、サルマタイの農婦、冷酷な神秘主義者、良家の娘が、この同じ基盤を共有する。「王妃であろうが農婦であろうが、身にまとうのが白貂の毛皮であろうが羊革の外套であろうが、毛皮をまとって鞭を手にし、男を奴隷にするこの女はいつでも、私の創造物であると同時に真のサルマタイの女でもあるのだ」★10。だが単調な外観のもとに、〔女性の〕三つの類型があらわれるのであり、そのそれぞれがマゾッホによってきわめて異なる処置を受けるのだ。

第一の類型は異教徒の女性、ギリシャ人女性、娼婦《ヘタイラ》やアフロディーテであり、秩序壊乱を生みだす女性である。かくなる女性がみずから述べるところによれば、かのじょは愛と美のために刹那的に生きる。官能的なこの女性は、じぶんの気に入った相手を愛し、愛する者にその身をゆだねる。女性の独立と短期間の恋愛関係を主張する。男女平等を標榜する。かのじょは雌雄同体《ヘルマフロディーテ》である。だが優勢となるのはアフロディーテ、女性原理であって、ちょうどオンファレがヘラクレスを女性化し、女装させるようなものだ。なぜなら、かのじょは平等というものを、じぶんの側に支配権が移行する臨界点としてのみ理解するからだ。「女が男と平等になるや、男は身震いする」。近代人であるこの女性は、結婚のなかに、道徳のなかに、教会と国家のなかに、男性の発明品がひそんでいるのを告発し、それを破壊すべきだという。『ヴィーナス』の冒頭から、夢にあらわれるのはこの女性なのだ。『離婚した

『女』の冒頭部で、長々と信仰告白するのもこの女性である。『セイレーン』〔原題『楽園の蛇』〕において、この女性は「尊大で艶っぽい」ゼノビアの相貌をまとってあらわれ、父権的な家族を掻き乱し、家の女性たちに支配欲を吹き込み、父を服従させ、奇妙な洗礼を行って息子の髪を切り取り、全員に仮装させる。

他方の極にある第三の類型はサディストの女性である。かのじょは苦しみを与え、責め苛むことを愛する。だが注目すべきことに、その行動は、男性によってうながされるか、あるいは少なくとも男性との関係のなかで行われるものであり、かのじょはじぶんがその男性の犠牲者になる危険にたえずさらされている。あたかも原初的なギリシャ人女性が、じぶんにふさわしいギリシャ人男性を、アポロン的な要素を、サディスト的な男性的欲動を見いだしたかのようにすべてが進行するのだ。マゾッホは、かれがギリシャ人、ないしはアポロンとさえ呼ぶ者についてしばしば語っている。第三者として到来するこの男性は、サディスト的に振舞うよう女性を焚きつけるのである。『若返りの泉』において、エルジェーベト・ナーダシュディ伯爵夫人は若い男たちを責め苛むのだが、その伴侶となるのが、かのじょの愛人のおぞるべきイポルカールであり、しかもマゾッホの作品にほとんど姿を見せない機械の助けを借りるのだ（強靭な女性の両腕に受刑者が拘束され、「生気を欠いた美女が作業を開始すると、無数の刃物がかのじょの胸元から、腕から、脚や足から出てきた……[19]」）。『プスタのハイエナ』では、盗賊の首領と手を組むアンナ・クラウアーが、そのサディズムを実行に移す。『魂を漁る女』でさえも、サディストのボフスラーウ・ソルテュクを処罰する役目をドラゴミラが担うとき、かのじょはソルテュクと「同じ人種」なのだと説得され、かれと結託することになるのである。

『ヴィーナス』において、ヒロインであるワンダはじぶんがギリシャ人だとおもうことからはじめ、最終的にじぶんがサディストだと信じるようになる。冒頭では、たしかにかのじょは、夢の女性におのれを同一化させる。かのじょは《雌雄同体》なのである。みごとな弁説でもって、かのじょはこう宣言する。「ギリシャ人たちの晴れやかな官能性は、私にとって苦痛なき歓びであり、生涯をつうじてぜひとも実現したい理想なのです。なぜって、キリスト教や、精神の騎士を気取った近代人の説く愛など私は信じておりません。そう、よくご覧なさい、私は異端者よりも手に負えない異教徒の女なのです……」。「人類の移ろいやすさのなかでもいちばん移ろいやすいもの、つまり愛のなかに、——神聖な儀式だの、宣誓だの、契約だのを口実に――、持続性を持ち込もうとする企ては、ひとつ残らず失敗に終わってきました。私たちのキリスト教世界が崩壊しつつあることを、否定なさるおつもりですか……」[20]。だが小説の末尾で、かのじょはサディストとして振舞う。ギリシャ人による影響のもと、かのじょはこのギリシャ人自身にゼヴェリーンを鞭打たせるのだ。「恥辱と絶望のあまり私は死にそうだった。しかしなにより恥ずべきことに、アポロンの鞭に身をゆだね、我がヴィーナスの残酷な笑いに嘲弄されるというこの悲惨な状況にありながら、私はいわば素晴らしく幻想的で、超官能的な快を感じていた。だが、アポロンがあらゆる詩的気分を私から追い出し、次から次へと鞭をくらわせてきたので、私は結局、無力な怒りに歯ぎしりしながら、おのれ自身とその淫蕩な想像力を、女と愛を呪詛するに到ったのである」[21]。こうしてサディズムのなかでこの小説は終焉を迎える。ワンダがギリシャ人とともに立ち去り、新たな残酷性に向かう一方、ゼヴェリーン自身もサディストになる。あるいは、かれ自身の言葉にあるように、「槌」になるのだ。

だが、あきらかに雌雄同体の女性も、サディストの女性も、マゾッホの理想をあらわしてはいない。『離婚した女』において、男女平等主義者である異教徒の女性はヒロインではなく、ヒロインの女友だちであって、このふたりの女友だちは、マゾッホによるなら、「両極」のようなものだ。『セイレーン』における高圧的なゼノビア、すなわちいたるところで秩序を壊乱する娼婦《ヘタイラ》は、同じように高圧的でありながら、しかしまったく異なる類型に属する年若きナタリーに、最終的に打ち負かされる。他方の極であるサディストも、まったく満足しうるものではない。たとえば『魂を漁る女』のドラゴミラは、一方では、気質的にサディストではなく、他方では、ソルテュクと手を結ぶことで失墜し、その存在理由を失い、若いアニッタに打ち負かされ殺される。そして、このアニッタこそマゾッホの夢により合致する、忠実な類型を表象しているのだ。『ヴィーナス』では、たしかに娼婦《ヘタイラ》の主題とともにすべてがはじまり、サディズムの主題ですべてが終わるが、本質的なことは、この両者のあいだにある別の要素〔境位〕のなかで起きていたことがわかるだろう。このふたつの主題は実際には、マゾヒズムの理想を表現してはおらず、むしろ、振子の振幅のように、そのあいだでマゾヒズムの理想が動きまわり、宙吊りにされる両極をなしているのだ。このふたつの主題が表現するのは、マゾヒズムがまだその戯れを開始していない極限と、マゾヒズムがその存在理由を失う極限なのである。

さらにつけくわえておくなら、拷問者の女性自身にとって、これらふたつの外的な極限は、不安と嫌悪感と魅惑とが混ざりあったものを表現しており、それが意味するのはヒロインには、マゾヒストがかのじょに吹き込む役割にとどまっていられるかどうか、決して確信がもてないということなのだ。つまり、これらふたつの極限が予感するのは、どんな瞬間であれ、この女性が原初的な娼婦に舞い戻るか、さもなければ、最終的なサディズムに転化するかという危険を抱えているということなのである。それゆえ『離婚する女』のアンナは、ユリアンの理想を叶えてやるには、じぶんがあまりに気弱で、気まぐれ——娼婦の気まぐれ——だと告白することになる。また『ヴィーナス』のワンダがサディストとなるのは、ゼヴェリーンに課された役割をもはや果たせなくなったからである（「あなたご自身が、現実離れした献身と、気ちがいじみた情熱によって、私の感情を窒息させてしまったのです……」[22]）。

だとするなら、ふたつの極限のあいだにあって、あらゆる重要なものが繰り広げられるマゾヒズムの本質的要素〔境位〕とはいかなるものか。つまり娼婦《ヘタイラ》とサディストのあいだにある、女性の第二の類型とはいかなるものか。空想的《ファンタスティク》というか幻想的《ファンタスマティク》なこの肖像を素描するには、マゾッホの手になるあらゆる記述を収集してゆかねばならないだろう。ばら色の短篇『醜の美学』において、かれは一家の母をこう描きだしている。「厳格な雰囲気をただよわせ、顔立ちのはっきりとした、冷たいまなざしの、威圧的な女であったにもかかわらず、小さな子供たちをやさしく見守っていた[23]」。また『マルチャ』にはこうある。「インド人の女やモンゴル砂漠のタタール人の女と同じく、マルチャは鳩のようなやさしい心と猫科動物のような残酷な本能を同時にもちあわせていた[24]」。また『ローラ』は、動物を拷問するのを愛し、処刑に同席し参加することをも望む。「きわめて特殊な嗜好の持ち主であるにもかかわらず、この娘は粗暴でも奇抜でもなく、むしろ理知的でやさしかったし、感じやすい娘と同じくらいおだやかで繊細であるように見えた[25]」。『聖母』のマルドナは、やさしく快活だが、厳格で、冷淡で、拷問を取り仕切っている。「かのじょの美しい顔は怒りに燃えあがっていたが、大きな青い瞳はやさしく光輝いていた[26]」。『ヴェーラ・バラノフ』はお高くとまった心の冷たい看護婦だが、瀕死の男と情愛のこもった婚約を交わし、みずからも雪のなかで死を遂げる。最後に『月光』は我々に自然の秘密を打ち明ける。《自然》はそれじたい冷淡で、母性的で、厳格なのだ。マゾッホの夢の三位一体、それは冷淡－母性的－厳格であり、冷酷－感情的－

残酷である。拷問者の女性をその「分身たち」から、すなわち娼婦とサディストから区別するには、これらの規定だけで充分だろう。分身たちの官能性にこの超官能的な感情性がとって代わり、分身たちの熱気、炎にこの冷淡さと冷酷さがとって代わり、分身たちの秩序壊乱に厳格な秩序がとって代わるのである。

だがサドの主人公も、マゾッホにおける女性の理想と同じく、本質的な冷淡さを標榜しており、サドはそれを「無感情《アパシー》」と呼んでいる。だが我々にとっての根本問題とはまさに、残酷さじたいの観点に立つなら、サド的な無感情とマゾッホ的な理想の冷淡さとのあいだには、絶対的な差異があるのではないか、そしてここでもまた、あまりに安易な同一視がサド＝マゾヒズムという抽象物を培ってしまうのではないかという点を知ることにある。これはまったく同じ冷淡さではない。一方の冷淡さ、すなわちサド的な無感情の冷淡さは、本質的に、感情に対して敵対的に行使されるものである。あらゆる感情、殊に加虐の感情さえも告発されるのは、危険な散漫を引き起こし、エネルギーの圧縮を妨げ、非人称的で論証的な官能性の純粋要素に向けて、エネルギーが加速するのを妨げるからだ。「おまえの心を怯えさせるものすべてをもちいて、おまえに快を与えるという課題……」◆[27]。あまねく熱狂、殊に悪への熱狂さえもが断罪されるのは、熱狂が私たちを二次的自然に繋ぎとめるからであり、熱狂とは、いまなお我らのうちにある善意の残滓にほかならないからである。サドの作中人物たちが、真のリベルタンからの不信の念にさらされるのは、悪の只中に身をおき悪に奉仕するときでさえ、「至上の不幸へと改宗」してしまいうることを示す激情を、かれらが見せるからなのだ。マゾッホ的な理想の冷淡さは、まったく別の意味を帯びている。もはやそれは感情の否定ではなく、むしろ官能性の否認なのだ。いまや、あたかも感情性のほうが非人称的な要素という高次の役割を引き受け、官能性は、我々を二次的自然の特殊性と不完全性のうちに幽閉するかのようにすべてが進行する。マゾッホ的な理想の機能とは、氷の冷たさのなかで、冷淡さによって感情性を勝利させる点にあるのだ。冷淡さが、異教的な官能性を抑圧するとともに、サド的な官能性からも距離を取るといえるだろう。官能性は否認され、もはや官能性として存在することはない。だからこそマゾッホは「性愛なき」新たな人間の生誕を告知するのである。マゾヒズムの冷淡さとは氷点であり、変身の点である（弁証法）。氷河期の天変地異《カタストロフ》に照応する神々しき潜伏。冷淡さの下で存続するのは、氷に囲まれながら毛皮によって保護される、超官能的な感情性である。そして今度はこの感情性が、まるで発生的秩序の原理であるかのように、特殊な怒りや残酷さであるかのように、氷を貫いて光を放つのだ。そこから冷淡さ、感情性、残酷さの三位一体が生まれる。冷淡さとは同時に、保護する環境にして媒質であり、繭にして伝達手段である。冷淡さは、超官能的な感情性を内的な生として保護し、それを外的な秩序として、《怒り》と《厳格さ》として表現するのだ。

マゾッホはかれの同時代人、偉大な民族学者にしてヘーゲル派の法学者であるバッハオーフェンを読んでいた。ヘーゲルにくわえ、バッハオーフェンを読んだことが、『ヴィーナス』冒頭の夢の出発点ではないか。バッハオーフェンは三つの段階を区別している。第一に娼婦的《ヘタイラ》、アフロディーテ的な段階がある。それは繁茂する沼沢のカオスのなかで形成され、一人の女性と複数の男性たちの多岐にわたる気まぐれな関係からなるが、ただしそれを支配するのは女性原理であり、父とは「《人格《だれ》》」でもない（この段階はとりわけ、君臨するアジア的な遊女によって代表されるものであり、諸制度のなかに神聖なる売春として存続することになる）。第二の契機は、デメテル的なものであり、アマゾネス社会とともに黎明し、厳格な女性支配の秩序と農耕的秩序を導入するものだが、そこでは沼沢は干上がっている。

父や夫はある地位を獲得するものの、たえず女性の支配下に置かれている。最後に父権的ないしはアポロン的な体系が幅をきかせてくる。そしてそれが、母権制をマゾネス的ないしディオニュソス的な腐敗形態へと退化させるのである。[★11] これら三つの段階には、マゾッホにおける女性の三つの類型が容易に見いだされる。第一と第三の段階は、マゾッホによって極限として設定されるものであり、そのあいだを第二の段階が揺れ動き、一時的な栄光と完成を誇ることになるのだ。幻想はここにおのれの必要とするもの、すなわち理論的で、イデオロギー的な構造を見いだすのであり、そしてこの構造が幻想に、人間本性と世界にかんする全般的構想という価値を授けるのである。小説芸術を定義しながら、マゾッホは「形象」から「問題」へ向かわねばならないと語っていた――すなわち強迫的な幻想から出発して問題まで上昇すること、問題が提起される理論的な構造まで上昇することである。[★12]

いかにしてギリシャの理想からマゾヒズムの理想へ、娼婦的《ヘタイラ》な秩序壊乱と官能性から新たな秩序へ、女性支配的な感情性へと移行するのか。いうまでもなく、氷河期の天変地異《カタストロフ》によってであり、それが官能性の抑圧と厳格さの輝きを同時に説明するのだ。マゾヒズムの幻想において、毛皮はその有用な機能を維持している。「慎ましさというより、風邪をひかないか心配で」……「ヴィーナスは、この抽象的な北方の国、凍てつくキリスト教世界で風邪をひかないよう、大きな毛皮のなかに逃げ込まざるをえない[28]」。マゾッホのヒロインは頻繁にくしゃみをする。大理石のような身体、石のような女、氷のようなヴィーナスというのが、マゾッホのお気に入りの言葉であり、かれの作中人物は月の光のもと、冷たい彫像との修錬に臨む。『ヴィーナス』冒頭の夢の女性は、その弁説のなかで失われた世界であるギリシャ世界へのロマンティックな郷愁を表現する。「完璧な歓びと神々の晴れやかさそのものであるような愛は、反省の子であるあなたたち近代人には、なんの意味もないでしょう。あなたがたにとってそれは災厄でしかないのです。自然に振舞おうとすると、あなたがたはとたんに粗暴《がさつ》になってしまう……」。「北国の霧とキリスト教の薫香のなかでじっとしていらして。溶岩と瓦礫の下に埋もれている私たち異教徒の世界を、どうかそっと眠らせておいてください。くれぐれも掘り返したりなさりませぬよう。ポンペイは、私たちの館も、浴場も、神殿の数々も、あなたがたのために建てられたわけではないのです。神々なんてあなたがたにはご不要でしょう！あなたがたのところに行こうものなら、私たちは凍え死んでしまいます！[29]」。この弁説はまさに本質を表現している。氷河期の天変地異《カタストロフ》がギリシャ世界を覆いつくし、ギリシャ人女性を不可能にしてしまったのだ。二重の衰退が生じた。すなわち男性はもはや粗暴な本性しかもたず、反省するしか能がない。その一方で、女性は反省を前にすると感情的になり、粗暴さに対して厳しくあたるようになった。冷淡さ、冷酷さがすべてを成し遂げた。それは、感情性を男性の反省の対象に変え、残酷さを男性の粗暴さへの処罰に変えたのだ。冷淡な同盟を結ぶ女性的な感情性と残酷性は、男性に反省をうながし、マゾヒズムの理想を構成するのである。

マゾッホにおいても、サドと同じくふたつの自然が存在するが、まったく異なるしかたで配分されている。粗暴な自然〔本性〕はいまや、気まぐれという特性を帯びる。そこでは暴力と狡知、憎悪と破壊、秩序壊乱と官能性がいたるところで稼働している。だがその彼岸において、非人称的で反省＝反射され、感情的で超官能的な大いなる《自然》がはじまるのである。『ガリツィア物語』のプロローグでは、一人の「漂泊者」が悪しき自然を告発する。だがそれに応えるのは自然そのものであり、自然がいうには、自然は我々と敵対しているわけではない、たとえ死に際しても、我々を憎んでいるわけではない、そうではなく冷淡で、母性的で、厳格なあの三重の相貌をたえず我々に差し向けているのだ……。自然とは草原《ステップ》そのものである。草原の描写は、マゾッホの手にかかれば、きわめて美しいものとなる。殊に『フリンコ・バラバン』〔原題『再役兵』〕冒頭にあらわれる草原を挙げておこう。草原、海、母の同一性においてたえず問われているのは、欲望を変形し、残酷さを変身させる冷却能力としての草原が、官能性に満ちたギリシャ世界を葬り去るものであると同時に、サディズムに満ちた近代世界を拒絶するものだと感じさせることにある。これは草原のメシアニズムであり、理想主義《イデアリズム》である。とはいえマゾヒズム的な理想の残酷さが、原初的な残酷さや、サディズム的な残酷さより控えめなものであるとか、気まぐれの残酷さや、悪意の残酷さより控えめなものであるなどと信じてはなるまい。マゾヒズムが、サディズムには見られない演劇の印象をたえず与えるのはたしかである。だが演劇的性格がここで意味するのは、苦痛が装われたものだとか軽いものだということではないし、周囲に漂う残酷さがより軽微なものだということでもない（マゾヒズムをめぐる様々な記録には、正真正銘の拷問が記載されている）。マゾヒズムとその演劇を定義するのはむしろ、拷問者の女性における残酷さの特異な形態、すなわち《理想》の有するあの残酷さであり、特殊な氷点と理想化の点なのである。

マゾッホにおける三人の女性は、母の根本的なイメージと照応している。原初的で、子宮的で、娼婦《ヘタイラ》的な母、汚水溜と沼沢の母——エディプス的な母、恋人のイメージ、犠牲者または共犯者としてサディストの父と関係する母——だがこのふたつのあいだに、口唇的な母、草原の母にして偉大なる乳母、死の担い手がいる。この第二の母は、まさしく最後に出現するものかもしれない。なぜなら、口唇的で沈黙するこの母こそが、勝利をもぎとる最後の言葉を握っているからだ。それゆえフロイトは、『小箱選びのモティーフ』のなかで、神話的かつ民間伝承的な無数の主題にもとづいて、この母を最後に提示するのである。「母自身、男性が母との類似にもとづいて選ぶ恋人、そして最後に男性をふたたび迎え入れる《母なる大地》……。運命の娘たちのなかで、この第三の者だけが、沈黙せる死の女神だけが、かれをその腕に抱きとめるだろう」[◆30]。だが、この第三の娘の真の位置は、たとえ避けがたい遠近法的錯覚によってかならず位置がずれてしまうにしても、ほかの二人のあいだにある。我々はこの観点から、バーグラーの一般的テーゼは全面的に妥当なものだと考える。すなわちマゾヒズムに固有の要素とは、口唇的な母にほかならないのだ[★13]

——子宮的な母とエディプス的な母のあいだにある、冷淡さ、気遣い、死という理想。それだけに、なぜかくも多くの精神分析家が、マゾヒズムの理想のうちに、偽装された父のイメージをなんとしても発見しようとし、拷問者の女性の下に、父の存在をあばきたてようとしてきたのかを知ることがいっそう肝要になりもしよう。

父と母

父の役割に確信を抱くには、マゾヒストがあまりに安易に母を糾弾し、母権の葛藤をあばきたてる傾向があると述べてみたり、その自然発生性は疑わしいと述べてみたりするだけでは充分ではない。こうした議論は不都合なことに、あらゆる抵抗を抑圧という様式で理解してしまっているのである。さらには、ある母から別の母への移動の遂行も、手がかりをかき消す効果を発揮してしまうだろう。また拷問者の女性の筋肉質な身体や毛皮を、混成的なイメージの証拠として挙げてみても充分ではない。本来であれば、現象学や兆候学の真剣な議論が、父に有利な証言を行う必要があるだろう。ところが逆に、あるひとつの病因論全体と、それによるサディズムとマゾヒズムの偽の一体性全体とをすでに前提してしまっている理由づけに、人々は甘んじてしまう。マゾヒズムにおける父のイメージが決定的なものだと想定されるのは、まさに父のイメージがサディズムにおいて決定的だからであり、マゾヒズムに固有の反転、投射、混信などを考慮するにせよ、一方のサディズムにおいて作動しているものを、他方のマゾヒズムのうちにも発見しなければならないとされるからなのだ。こうして、マゾヒストは父の位置に身を置き、男性的権力を獲得することを欲する、という観念から人々は出発することになる（サディズム的段階）。次いで、最初の罪責感情、処罰としての去勢への最初の恐怖が、この能動的な目的を断念するよう決定することで、マゾヒストは母の位置を選択し、みずから父に身をゆだねるようになるというのだ。ところが、こうしてマゾヒストは第二の罪責感、去勢への第二の恐怖にはまり込み、そしてそれが今度は、受動的な企てに組み込まれることになる。このときマゾヒストは、父との恋愛関係の欲望を、「叩かれたいという欲望」に置き換えるという。この欲望はより軽微な処罰をあらわすばかりでなく、恋愛関係じたいにも関連するものだ。だが、なぜ母が叩くのであって、父ではないのか。それには様々な理由がある。まず、あまりに顕著な同性愛という選択肢から逃れる必要がある。次いで、母が渇望の対象であった第一段階を保存しつつ、処罰を下す父の身ぶりをそこに結びつける必要がある。最後に、父のみに宛てられる論証のなかで、すべてを結合する必要がある（「おわかりでしょう、あなたにとって代わりたいのは私ではありません。私を痛めつけ、去勢し、叩くのはかのじょなのです……」）。

継起するこの諸契機のなかであきらかになるように、父が決定的な人物でありつづけるのは、マゾヒズムが相互に移行可能で、変形可能なきわめて抽象的な諸要素の結合として扱われているからにすぎない。そこには具体的な状況総体についての、すなわち倒錯世界についての無理解がある。性急な病因論は、兆候学が真の鑑別診断〔示差的診断〕の権利を発展させるのを阻害してしまうのだ。去勢や罪責感といった概念でさえもあまりに安易になるのは、それらの概念が状況を反転させ、実際には異質な諸世界を、抽象物のなかで交流させるのに役立ってしまうからだ。等価性や翻訳の手段が、移行や移転の体系と取りちがえられてしてしまうのだ。ライクほど思慮深い精神分析家さえも、こう表明している。「特殊な症例を研究する機会にめぐりあうたびに、あるいは父が、あるいは女性のイメージの下に隠された父の代理者が、処罰を行うのを発見してきた」。かくなる表明は、「隠される」という事態がなにを意味するのか、いかなる条件のもとで兆候と原因の関係の下に、なにかやだれかが隠されるのかを、いっそう精緻に語るよう要請するはずである。この同じ著者は、さらにこうつけくわえる。「こうしたすべてを考慮し、検討し、吟味してみても、ある疑いが依然として残る……。空想と行動としてのマゾヒズムの最古の地層は結局のところ、一個の歴史的現実としての母子関係に遡るのではないだろうか」。だがライクは、父の決定的で恒常的な役割をめぐるかれの「印象」と呼ぶものを保持しつづける。★14 ライクは兆候学者として語っているのだろうか、それとも病因論者、すなわち抽象的な結合論者として語っているのだろうか。私たちは以下の問いに舞い戻る。マゾヒズム解釈における父の役割への信仰は、サド＝マゾヒズムという先入観に、この先入観にのみ起因するのではないか。

たしかに父や父権の主題はサディズムにおいて支配的である。サドの小説には多くのヒロインがいるが、しかしかのじょたちのあらゆる行動、かのじょたちがともに味わう快、かのじょたちが構想する企ては、男性を模倣するものであり、男性のまなざしと男性の主宰を要請し、男性に捧げられるものだ。サドの両性具有者は娘と父との近親姦的な結合からなるのである。たしかにサドには母殺しと同程度に、父殺しが見られるだろう。しかしそのありようは同じものではない。母が同一化されるのは例の二次的自然であり、「やわらかい」分子からなり、創造と保存と再生産の法則に従属する自然である。逆に、父がこの二次的自然に帰属するのは、社会的保守主義によるものでしかない。それじたいとしての父が示すのは、一次的自然にほかならず、統治と法の上位にあり、猛り狂い八つ裂きにする分子から構成され、秩序壊乱とアナーキーを担う自然である――父スナワチ本源的自然。それゆえ、父が殺害されるのは、おのれの本性と機能にもとる行いをするかぎりにおいてのみであるのに対して、母はおのれの本性と機能に忠実であればあるほど、殺されることになるのだ。サドの幻想は、クロソウスキーが深遠な分析を行った究極的な主題に依拠している。すなわち、おのれ自身の家族の破壊者たる父であり、娘が母を拷問し殺害するよう仕向ける父である。[★15]サディズムにおいては、女性のエディプス的なイメージが、いわば破裂するかのようにすべてが進行する。母が典型的な犠牲者の役割を引き受ける一方で、娘は近親姦的な共犯状態に格上げされる。家族も、法さえも二次的自然という母性的な特徴を刻印される一方で、父が父たりうるのは法の上位に身を置き、家族を解体し、じぶんの身内に売春させることによってのみである。父は、アナーキーな本源的力能としての自然を表象する。この自然は法を破壊し、法に従属する二次的な被造物を破壊することで、本来の姿を取戻すのだ。だからこそサディストは、おのれの最終目標を前にしてもひるむことがない。その目標とは、あらゆる生殖行為を実際に終焉させることであり、それは一次的自然と張り合うものとして告発されるのだ。そしてサドのヒロインは、父とのソドム的な結合を行い、母に対抗する根本的な盟約を結ぶことで、はじめてヒロインとなるのである。あらゆる意味で、サディズムは母の能動的な否定と、父の膨張、すなわち法の上位に位置する父を示しているのだ……。

フロイトは『エディプス・コンプレクスの没落』においてふたつの解決法を示唆していた。すなわち、子どもが父に同一化するサディズム的な能動的解決法と、逆に子どもが母の位置を占め、父に愛されたいと願うマゾヒズム的な受動的解決法である。部分欲動の理論はこれらふたつの規定の共存を可能にすることで、サド＝マゾヒズムの一体性への信仰を培ってきた（フロイトは『狼男』についてこう述べている。「サディズムにおいて、狼男は父との最古の同一化に頑なに執着し、マゾヒズムにおいてはその父を性的対象に選んだのだ」◆[31]）。だがマゾヒズムにおいて、叩いている本当の人物は父であるといわれるとき、こうも問わねばなるまい——そもそも、だれが叩かれているのかと。どこに父は隠れているのか。なにより叩かれる者のなかではないか。マゾヒストはじぶんが有罪だと感じ、おのれを叩かせ、みずから罪を贖うのだが、しかしなんの罪があり、なぜ贖うのか。まさしく父のイメージこそが、マゾヒストのうちでミニチュア化され、叩かれ、嘲笑され、辱められるのではないか。マゾヒストが贖うのは、父との類似、父の似姿《イメージ》ではないか。マゾヒズムの定式とは辱められる父ではないか。それゆえ父は叩く者というより、叩かれる者であるはずだ……。実際、三人の母の幻想には、きわめて重要な論点があらわれている。母の三重化にはすでに、父の全機能を女性のイメージへと象徴的に転移させておく効果があり、かくして父は排除され無化されるのだ。マゾッホの大半の小説では、狩猟の場面がきめ細かに描写される。理想的な女性が熊や狼を狩り、毛皮を獲得するのである。こうした場面を、男性に対抗する女性の闘いとして、男性に対する女性の勝利を表現するものとして解釈しうるかもしれない。だが、まったく見当外れもいいところだ。男性に対する女性の勝利であれば、マゾヒズムがはじまる時点で、すでに獲得されているのである。（牝）熊と毛皮はすでに特権的な女性的意義を帯びている。狩りだされ毛皮を剝がれるのは、娼婦《ヘタイラ》的な原初の母であり、出産以前の母である——それは、口唇的な母のために、そして再生誕の、単為生殖による第二の生誕のためになされるのであり、あとで見るように、この第二の生誕において父はいかなる役割も果たさない。たしかに男性が他方の極、すなわちエディプス的な母の側にふたたびあらわれることもあるだろう。第三の母とサディスト男性とのあいだで盟約が交わされる——たとえば『若返りの泉』のエルジェーベトとイポルカールや、『魂を漁る女』のドラゴミラとボフスラーウや、『ヴィーナス』のワンダとギリシャ人である。だが男性をあらためて導入しなおすことが、マゾヒズムと両立可能なのは、エディプス的な母がその権利と完全性を保っているかぎりにおいてのことなのだ。たとえば男性が女性化し女性装で登場するだけでなく（『ヴィーナス』のギリシャ人）、サディズムで生じるのとは逆に、母のイメージが共犯者となり、少女が本質的に犠牲者となるのだ（『若返りの泉』において、マゾヒストの主人公は、かれの愛する少女ギーゼラの喉を、エルジェーベトが切って殺すのを止めはしない）。『ヴィーナス』の末尾にあるように、サディストの男性が勝利をおさめることがあるにしても、そのときすでに、マゾヒズムが終焉を迎えているのはあきらかである。プラトンの言葉にならっていうなら、おのれの反対物であるサディズムと一体化するくらいなら、マゾヒズムは逃走するか消滅するのだ。

だが、父の機能が母の三つのイメージへと転移することは、幻想の第一の側面にすぎず、この幻想の意味は別の要素〔境位〕において見いだされる。すなわち、いまや母のものとなったあらゆる機能を、第二の母、口唇的な母、「善良な母」のうちに圧縮することである。マゾヒズムを悪しき母の主題と関連づけるのは、見当ちがいにすぎない。悪しき母はマゾヒズムのなかに存在する。つまり、子宮的な母とエディプス的な母という振り子の両極がそれだ。だがマゾヒズムの運動はすべて、悪しき母の諸機能を理想化し、それを善良な母に注ぎ込むことにかかっている。たとえば売春は、本来、子宮的で娼婦《ヘタイラ》的な母に帰属する。サドの主人公は売春を一個の制度に仕立てあげ、その制度によって、エディプス的な母を破壊し、娘を共犯者へと変貌させるのである。マゾッホとマゾヒズムのうちに、女性を売春させるという類似の嗜好が見つかると、まさしくこの類似こそが、〔サディズムとマゾヒズムが〕本性を共有する証拠だと、あまりに性急にみなされてしまう。ところが、マゾヒズムにおいて重要なのは、売春婦の機能が、貞淑な妻としての女性によって、善良な母としての母（口唇的な母）によって引き受けられるという点にある。ワンダの語るところによれば、マゾッホはかのじょが愛人を探し、三行広告に返事をし、金銭のために売春するよう説得した。だがこの欲望を、かれは次のように正当化したのだった。「ふつうであれば放蕩な女のところに求めに行かねばならない悦楽を、身持ちがよく、貞淑で、実直なじぶんの妻に見いだせるなんて素晴らしいことじゃないか◆[32]」。子宮的な母に本来帰属する売春機能を、口唇的で、身持ちがよく、実直で、貞淑な母が引き受けねばならない。同様のことが、エディプス的な母の有するサディスト化機能についてもいえるだろう。残酷性の体系が善良な母によって引き受けられねばならず、それによってこの体系が根本から変形され、贖罪と再生誕というマゾヒズムの理想に奉仕するようにならねばならない。それゆえ売春を、いわゆるサド＝マゾヒズムに共通の特徴だと考えるべきではない。サドにおいて、「犯罪友の会」に見られるような普遍的売春の夢は、母たちの破壊と娘たちの選別を同時に保証するはずの客観的な制度へと投射される（「淫売」としての母と、共犯者としての娘）。マゾッホにおいては、逆に、理想的売春は私的な契約によるものであり、この契約によってマゾッホの主人公はじぶんの妻を説得し、善良な母として他者たちに身をゆだねさせるのだ。[★16] それによって、マゾヒストの理想としての口唇的な母は、ほかの女性のイメージに帰属する諸機能の総体を引き受けるとみなされるのであり、これら諸機能を引き受けることによって、口唇的な母はそれを変形し昇華させるのだ。それゆえ、「悪しき母」との関連でなされるマゾヒズムの精神分析的な解釈は、まったくもって、副次的なものでありつづけるようにおもわれる。

一方、善良で口唇的な母へのこうした集約は、父を無化し、父の四肢と機能を三人の女性に分配する第一の側面を内包している。この条件のもとで、三人の女性は、じぶんたちの闘争と公現のための自由な領野を手に入れるのであり、そうした闘争と公現こそがまさに、口唇的な母の勝利へと導くはずなのだ。つまり、三人の女性で、ひとつの象徴秩序を構成しているのである。そしてこの象徴秩序のなかでは、あるいはこの秩序によって、父はすでに除去されているのであり、いかなるときであれ父は除去されているのだ。それゆえマゾヒストは、この時間の永遠性を表現するために、あれほどまでに神話を必要とするのである。すべてがすでになされており、すべてが母の三つのイメージのあいだで生起するのだ（たとえば狩猟と毛皮の獲得）。驚くべきことに精神分析が、そのもっとも尖鋭的な探求において、象徴秩序の創設と「父の名」とを関連づけるのが見受けられる。それは、母が自然に属するものである一方、父は文化の唯一の原理であり、法の代表者であるという、奇妙なことにほとんど分析的とはいえない考え方を堅持することではないだろうか。マゾヒストは、母に内在するものとして象徴秩序を生きるのであり、この秩序のなかで、母が法と一体化する際の条件を定めるのだ。それゆえマゾヒズムの場合、母との同一化について語るべきではない。母とは同一化の項ではまったくなく、マゾヒズムがそれをとおしておのれを表現する象徴体系《サンボリズム》の条件なのである。母の三重化が、マゾヒズムの世界から文字どおり父を追放したのだ。『セイレーン』においてマゾッホは、じぶんの父が死んだとおもい込ませておく少年を登場させているが、それは誤解を晴らさずにおくほうが、より簡潔で、より礼節にかなうことだと考えているからにほかならない。母を讃美する否認があり（「いや、母は象徴的になにも欠いていない」）、それに呼応するのが父を無化する否認なのだ（「父などなんでもない」、すなわち父は象徴機能をすべて剝奪される）。

だとするなら、男性が、《第三者》が、マゾヒズムの幻想のなかに導入ないし再導入されるしかたを、より仔細に検討しておく必要があろう。第三者の、「ギリシャ人」の探究が、マゾッホの生涯と作品を支配している。ところで、『ヴィーナス』にあらわれるギリシャ人男性には、ふたつの形象がある。一方の形象は、幻想に内在するものであり、女性化され女性装するものである。ギリシャ人男性は「女性のようだ……。パリでは最初女性服をまとっているのが目撃され、男性たちが恋文を雨あられと送りつけた」[◆33]。他方の形象である男性的な側面は逆に、マゾヒズムの幻想と行為の終焉を告げるものだ。ギリシャ人男性が鞭を手にし、ゼヴェリーンを叩くとき、超官能的な魅惑はすぐに消え失せ、「淫蕩な夢、女と愛」は霧散する。だからこそ、小説の崇高かつユーモアに満ちた結末で、ゼヴェリーンはマゾヒズムを放棄し、今度はみずからサディストになるのである。我々が理解せねばならないのは、父は象徴秩序のなかで無化されても、現実の秩序や生きられた秩序のなかで活動しつづけるという点である。ラカンの語ったある深遠な法によれば、象徴的に廃棄されたものは、幻覚というかたちで、現実界にふたたび姿をあらわす[★17]。『ヴィーナス』の結末は、象徴的に父を無化した世界への、父の攻撃的で幻覚的な回帰を典型的なしかたで示している。先に引用したテクストにおいて、情景の現実は、幻覚という把握様式を必要としているが、しかし逆に、この現実が幻想の追求や継続を不可能にするということを、すべてが示唆している。それゆえ象徴秩序そのもののなかで稼働する幻想と、現実界の秩序における生きられた経験の逆襲をあらわす幻覚とを混同することは、まったく許容しがたいことだろう。テオドール・ライクは、マゾヒズム的情景の「魔法」が、完全に消滅する症例を援用している。その消滅の理由とは、主体がじぶんを叩こうとする女性のうちに、父を想起させるなにかを見たとおもったからである[★18]（これは『ヴィーナス』の結末に似ているが、ただし強度は劣っている。なぜなら、マゾッホの小説では、父のイメージが「現実に」拷問者の女性へと置換されるからであり、そのことによって、マゾヒズムの企てが決定的とおもわれるしかたで放棄されるからだ）。ライクによるこの症例の註釈によれば、まるで父こそが拷問者の女性の真実であり、父が偽装して母のイメージをまとっていると証明されたかのようだ。ライクはそこからサド＝マゾヒズムの一体性に賛同する論拠を引きだす。私たちの考えによるなら、そこから正反対の帰結を導きださねばならない。主体は、ライクによるなら、「幻滅」するのだが、むしろ主体は「脱－幻想化」しながら、しかし反対に、幻覚に満たされ、幻覚に惑わされるといわねばならないだろう。そして、マゾヒズムの真実であったり、サディズムとの同盟を強固なものにしたりするどころか、父のイメージの攻撃的な回帰が示しているのは、たえず存在していた危険がマゾヒズムの世界を外側から脅かし、マゾヒストがおのれの倒錯的な象徴世界の条件と限界として構築してきた「防衛」を打ち破りかねないということなのだ（したがってこうした破壊を奨励し、外的な現実界からの異議を内的な真実と取りちがえてしまうのは、「野蛮な」精神分析だといえるだろう）。

　だが、かくなる回帰に対して――父の攻撃的な回帰の現実と幻覚に対して同時に――警戒すべく、マゾヒストはいったいどうするのか。マゾッホの主人公は、その幻想的で象徴的な世界を防衛し、現実界の幻覚的な危害を祓い除けるために（幻覚の現実的な危害について語られることもあろう）、複雑な手法をもちいなければならない。あとで見るように、こうした手法がマゾヒズムにはたえず存在している。つまり、女性とのあいだで交わされる契約のことであり、ある決められた時点で、はっきり限定された期間を定め、女性にあらゆる権利を譲りわたす契約のことである。まさしく契約によって、マゾヒストは父の危険を祓い除け、現実と経験の時間秩序と、どんなときであれ父が無化されている象徴秩序との合致を保証しようと試みるのだ。契約によって、すなわちもっとも合理的で、時間的にもっとも限定された行為によって、マゾヒストはこのうえなく神話的で、このうえなく永遠的な領域——母の三つのイメージが支配する領域——に合流するのである。契約によって、マゾヒストはおのれを叩かせるのだが、マゾヒストがおのれのうちで叩かせ、辱めを与え、嘲笑させるのは、父の似姿《イメージ》であり、父との類似であり、父の攻撃的な回帰の可能性である。「子ども」ではなく、父が叩かれるのだ。マゾヒストは、父がいかなる役割をも果たすことのない新たな生誕を迎えるために、自由になるのである。

だが、契約においてさえ、マゾヒストが《第三者》に、《ギリシャ人》に呼びかけることを、かれが《第三者》や《ギリシャ人》をかくも熱望することを、どう説明すればよいだろうか。この第三者が、父の攻撃的な回帰の危険ばかりでなく、さらにはまったく別の意味で、新たな生誕の機会を、マゾヒズムの経験から生ずるべき新たな人間の投射を表現するような、そんな局面がおそらく存在する。つまり第三者は、多岐にわたる要素を結合しているのだ。女性化される際には、第三者はまだ女性の二重化を示唆しているにすぎない。理想化される際には、マゾヒズムの帰結をあらかじめ描きだしている。サディストとなる際には逆に、この帰結を掻き乱し、乱暴にそれを中断させてしまう父の危険を表象している。より根本的にいうなら、幻想全般が作動するための条件を考える必要があろう。マゾヒズムとは幻想の芸術なのだ。幻想はふたつの系列、ふたつの極限、ふたつの「辺縁」にわたって駆動するのであり、そのふたつのあいだで、幻想の真の生を構成する響鳴が生みだされる。それゆえマゾヒズムの幻想は、子宮的な母とエディプス的な母を、象徴的な辺縁とすることになる。このふたつのあいだで、そして一方から他方にかけて、口唇的な母、すなわち幻想の核心がその姿をあらわす。マゾヒストはこの両極をめぐって戯れるのであり、それらを口唇的な母のうちで響鳴させるのである。それによってマゾヒストは口唇的な母に、善良な母に、そのライヴァルたちのイメージをたえずかすめるような振幅を与えるのだ。口唇的な母は、子宮的な母からその娼婦《ヘタイラ》的な機能を奪い取らねばならず（売春）、エディプス的な母からそのサディスト化機能を奪い取らねばならない（処罰）。そして、この振り子運動の両極において善良な母は、子宮的な母の匿名の第三者と、エディプス的な母のサディスト的な第三者に立ち向かうことになる。だがまさに、幻覚の作用のせいですべてが台無しになるのでないかぎり、第三者が待望され召喚されるのはもっぱら、子宮的な母とエディプス的な母に代えて善良な母を据えることで、この第三者を中性化するためなのである。ルートヴィヒ二世との情事はこの意味で範例的であり、その滑稽さはたがいのお芝居がぶつかりあうことに由来する。[★19]アナトールから最初の手紙数通を受けとったとき、マゾッホは相手が女性であることを切に願う。だが相手が男性であった場合にそなえて、すでにお芝居を準備している。というのも、マゾッホはこの話にワンダを巻き込み、かのじょが第三者と結託して娼婦《ヘタイラ》的機能か、サディスト化機能を担うようながすのだが、ただしその際に、かのじょが善良な母としてその機能を担うよう仕組むのだ。このお芝居に対して、異なる計画を抱くアナトールは、予期せぬ別のお芝居によって応じる。つまりアナトールのほうは、かれのせむしのいとこを巻き込み、マゾッホの意図すべてに逆らうかたちで、ワンダ自身を中性化する役割をこのいとこに負わせるのだ……。

マゾヒズムは女性的で受動的であり、サディズムは男性的で能動的なのかという問いには、二次的な重要性しかない。この問いはサディズムとマゾヒズムの共存についての、一方から他方への反転や両者の一体性について、前もって決めてかかっているのだ。サディズムとマゾヒズムはいずれも、部分欲動によって構成されているわけではなく、おのおのが十全たる形象である。マゾヒストは自己のうちで口唇的な母と息子との同盟を生きており、サディストは、父と娘との同盟を生きている。仮装者は、サディストであれマゾヒストであれ、この同盟を確固たるものにする機能を担う。マゾヒズムの場合、男性的欲動が息子の役割として具体化される一方、女性的欲動は母の役割へと投射される。だが、女性性がなんらの欠如ももたないものとして措定され、男性性が否認のなかで宙吊りにされるものとして措定されるかぎりにおいて、このふたつの欲動がまさしく一個の形象を構成するのである（ペニスの不在がファルスの欠如ではないように、ペニスの現前はファルスの所有ではなく、むしろその逆である）。マゾヒズムにおいて、ファルスを理想的に所有し、新たな生誕の拠点となる叩く母に対して、娘が息子の役割を引き受けることに、いかなる不都合もありはしない。サディズムについても、父の投射との関連で少年が娘の役割を演ずる可能性についても、同様のことがいえるだろう。マゾヒストの形象は雌雄同体《ヘルマフロディーテ》であり、サディストの形象は両性具有《アンドロギュノス》である。両者いずれも、おのれ自身の世界のなかで、他方の世界への移行を不可能かつ無用なものとする、あらゆる要素を手にしているのだ。いずれにせよ、サディズムとマゾヒズムを正確な反対物として扱うのは避けるべきだろう――反対物がたがいに相手を避け、おのおのが逃げ去り姿をくらますというのでないかぎり……。だが対立関係は、変形や反転や一体性の可能性を示唆しすぎてしまう。サディズムとマゾヒズムのあいだであらわになるのは、深淵な非対称性なのだ。サディズムが母の能動的な否定と、（法の上位に身を置く）父の膨張を示すとするなら、マゾヒズムは二重の否認によって、すなわち、（法と同一化された）母を称揚する積極的で理想的な否認と、（象徴秩序から追放された）父を無化する否認とによって作動するのである。

マゾッホの小説的《ロマネスク》要素

マゾッホの第一の小説的要素は、美的で造形的なものである。よくいわれるように、感官が「観想的《テオリシアン》」なものとなり、眼が真の意味で人間的な眼となるのは、その対象じたいが人間的で文化的な対象となり、人間から発して人間に向かう対象となるときである。一個の器官が人間的なものとなるのは、それが芸術作品を対象とするときなのだ。おのれの諸器官が動物的であるのをやめるとき、動物は全身で苦悶する。マゾッホが主張するのは、かくなる変身の苦しみを生きることにほかならない。かれはじぶんの教義を「超官能主義」と名づけ、それによって、変身を遂げた官能性がまとう文化的状態を指し示している。だからこそ、マゾッホにおける恋愛は、芸術作品にその源泉を見いだすのである。修錬は石のような女性とともに行われる。女性が心をかき乱すものとなるのは、月の光に照らされる冷たい彫像や、暗がりにたたずむ絵画と混同されるときにかぎられる。『ヴィーナス』全体がティツィアーノの徴のもとにあり、肉体、毛皮、鏡と神秘的な関係を取り結ぶのである。ここで冷酷なもの、残酷なもの、感情的なものの繋がりが形成されるのだ。マゾッホの情景は、彫刻や絵画のように凝固し、彫刻と絵画をおのれの分身とし、鏡や反射のなかでじぶんの姿を二重化する必要がある（かくしてゼヴェリーンはおのれの鏡像《イメージ》にふいにでくわす……）。

サドの主人公は芸術愛好家ではないし、ましてや蒐集家でもない。サドは、『ジュリエット』において、その真の理由を述べている。「あぁ、この煽情的で神々しい光景《タブロー》を後世に伝えるには、いまここに版画家が必要だったにちがいない！　だが遊蕩が、あまりにすばやく役者たちに栄光の冠を授けてしまうので、おそらく芸術家にはその片鱗をとらえる暇すらないだろう。まったく動きを具えていない芸術によって、運動そのものがその魂をなすような行為を具現化するのは生半可なことではない」[34]。官能性とは運動である。だからこそ、魂による魂へのこの無媒介的な運動を翻訳するために、サドがなにより頼みにするのが、累積と加速という量的過程であり、この過程の機械論的な根拠は唯物論的理論に見いだされる。すなわち情景の反覆であり、各情景のなかでの増殖であり、性急さであり、重層決定である（同時に「私は親殺し、近親姦、殺人、売春、男色を行った」[35]）。どうして数、量、量的な性急さが、サディズム固有の狂気であるかについてはすでに見た。マゾッホには逆に、芸術と、文化の不動性と反省〔反射〕を信じるだけのまったき理由がある。造形芸術は、かれがはっきり理解していたように、しぐさや姿勢を宙吊りにすることで、その主題を永遠化する。振り下ろされることのないこの乗馬用の鞭やこの剣、あらわにひらかれることのないこの毛皮、踏み下ろされつづけるこの踵。まるで画家が運動を断念したのは、いっそう深遠で、生と死の源泉にいっそう近接する期待＝待機を表現するためであったかのようだ。写真に撮られ、ステロタイプ化され、絵画に描かれたかのような凝固した情景への嗜好が、マゾッホの小説に最高次の強度であらわれる。『ヴィーナス』では、ワンダに対してある画家にこういわせている。「女よ、女神よ……。愛するというのがどういうことか、憧れや情熱に身を灼くというのがどういうことなのか、あなたはご存じないのでしょう」[36]。するとワンダが毛皮をまとい、鞭を手にしてあらわれ、ちょうど活人画のように姿勢を宙吊りにするのである。「私の別の肖像画をお見せいたしましょう。私自身が描いた絵ですが、その模写をおつくりなさい……」[37]。「その模写をおつくりなさい」ということが表現するのは、厳格な命令であり、かつ同時に、鏡の反射である。

マゾヒズムに本質的に属するのは期待＝待機と宙吊りの経験である。マゾヒズムの情景には緊縛すること、吊るすこと、磔刑にすること、といった肉体的な宙吊りの真の儀式がふくまれている。マゾヒストは陰鬱だが、しかし「陰鬱」という語はまず、遅延や猶予を形容するのである［「陰鬱 morose」は「délectation morose」という成句で、とりわけ倒錯的行為をまず想像のなかで味わいつくすことで得られる快を指す］。しばしば指摘されてきたように、快－苦の複合体ではマゾヒズムを充分に定義できない。だが侮辱、贖罪、処罰、罪責感でも充分ではない。マゾヒストは、苦痛のうちに快を見いだす奇妙な存在であるという考えは、当然の如く否定される。よく指摘されるように、マゾヒストはみなと同じような存在であり、ほかの人々が快を見いだすところに快を見いだす。ただし、前もって与えられる苦痛、処罰、侮辱が、マゾヒストにあっては、快の獲得のために必要不可欠な条件となるという、ただそれだけのことなのだ。だが、こうした機制は形式に関連づけられなければ、とりわけこの機制を可能にする時間の形式に関連づけられなければ、理解しえぬままだろう。それゆえ、いわゆるサド＝マゾヒズム的な変形をはじめとする、あらゆる変形にそのまま適合しうる素材としての快－苦の複合体から出発するのは、いかにも具合が悪いのだ。事実、マゾヒズムの形式とは期待＝待機である。マゾヒストとは、期待＝待機を純粋状態で生きる者にほかならない。純粋な期待＝待機の特性とは、ふたつの同時的な流れへとおのれを二重化することにある。その一方の流れが表象するのは、待望のものであり、本質的に遅れてやって来るもの、つねに遅延し、つねに先延ばしにされるものである。他方の流れが表象するのは、予期されるなにかであり、待望のものの到来を早めうる唯一のものである。このふたつの流れをともなうかくなる時間の形式、かくなる時間のリズムがまさに、快－苦の一種の結合物によって満たされることは、必然的な帰結である。苦痛が予期されるものを実現する一方で、同時に、快が待望のものを実現するのだ。マゾヒストは本質的に遅れてやって来るなにかとして快を待ち望み、最終的に快の到来を（肉体的にも精神的にも）可能にする条件として苦痛を予期する。それゆえマゾヒストは、それじたい待ち望まれるものである苦痛が、快を可能にするまでに必要な時間のあいだ、ずっと快を先送りにしておくのである。ここでマゾヒストの不安は、快を無限に待ち望みながら、しかし同時に苦痛を強烈に予期してもいるという、二重の規定を帯びる。

否認、宙吊り、期待＝待機、フェティシズム、幻想が、マゾヒズムに固有の星座を形成する。すでに見たように、現実界は否定にではなく、それを幻想へと移行させる一種の否認にみまわれる。宙吊りは理想に対して同様の機能を有しており、理想を幻想のなかに据えつけるのだ。期待＝待機とはそれじたい、理想《イデアル》－現実《レエル》界の一体性であり、幻想の形式ないしは幻想の時間性である。フェティッシュとは幻想の対象であり、まさしく幻想化された対象である。マゾヒストの幻想を見てみることにしよう。ショートパンツをはいた女性が、固定された自転車にまたがり、勢いよくペダルをこぐ一方、主体は自転車の下に横たわり、目もくらむようなペダルにほとんどふれんばかりであり、手のひらは女性のふくらはぎにそえられている。ふくらはぎへのフェティシズムから、ペダルの運動と自転車の不動性として具現化される二重の期待＝待機にまで到る、すべての規定がここに結合している。マゾヒズム固有の期待＝待機が存在するわけではない。マゾヒストとはむしろ陰鬱な者であり、純粋状態の期待＝待機を生きる者なのだ。ちょうど、妻が毛皮をまとってじぶんの前に立ち、強迫的な様子でじぶんのことを凝視するという条件のもとで、健康な歯を引きぬかせるマゾッホのように。幻想についても同じことがいえるだろう。マゾヒズム的幻想というより、幻想をめぐるマゾヒズムの芸術があるのだ。

マゾヒストは、たとえ夢見ていないときでさえ、じぶんが夢見ているのだと信じる必要がある。サディズムには決して、かくなる幻想の規律は見られない。モーリス・ブランショは、幻想に対するサド（とその作中人物）の状況をきわめて巧みに分析した。「なぜなら、かれ固有のエロティックな夢とは、夢見ることなく実際に行動する作中人物に対して、おのれの享楽の非現実的な運動を投射することにあるからだ……。このエロティシズムは、それが夢想されればされるほど、ますます虚構を要求することになるのだが、まさしくその虚構においてこそ、夢が廃棄され、放蕩が現実のものとなって経験されるのである」[★20]。換言するならつまり、サドはたとえ夢見ているときでさえ、じぶんは夢など見ていないと信じる必要があるのだ。幻想のサディズム的使用法を特徴づけるのは、パラノイア的なタイプの暴力的な投射の力能であり、それによって幻想は、客観的世界のなかに注入される本質的で急激な変化の道具となるのだ（かくしてクレールウィルは、たとえ眠っているときでさえ、世界のなかに悪意をもって介入しつづけたいと夢見ることになる）。幻想に固有の快－苦のポテンシャルが実現されるとき、苦痛は現実の作中人物によって経験されるべきものとなる一方で、快のほうは、夢などみていないと夢見るかぎりでサディストが獲得する恩恵となる。ジュリエットは次のような忠告を与える。「まるまる二週間、遊蕩にかかわらずお過ごしなさい、気を紛らわせて、ほかのことでおたのしみあれ……」[38]。次いで暗闇に横たわり、異なる様々な種類の逸脱を徐々に想像してゆくこと。そのひとつがまずあなたを襲い、いわば妄想的な観念をつくりだすだろう。それを書き起こして、容赦なく実行に移すこと。幻想はそのとき現実界への最大の攻撃能力、介入能力、体系化能力を獲得する。すなわち、《理念《イデア》》が類いまれな暴力性をともなって投射されるのだ。ところで、〔幻想の〕マゾヒズム的使用法とは、現実界を中性化し、幻想じたいの純粋な内面性のなかに理想を宙吊りにしてみせるという、まったく異質のものである。こうした使用法をめぐる差異が、ある意味で、内容をめぐる差異を決定するようにおもわれる。同様に、サディストがフェティッシュと取り結ぶ関係が、破壊的関係であることもまた、使用法のうちにふくまれるこの投射形式によって解釈されねばならない。フェティッシュの破壊がそれじたいで、フェティシズムへの信仰を前提しているなどといわれることはあるまい（瀆聖が聖なるものへの信仰を前提していると主張されるように）。それは空虚な一般性にすぎない。フェティッシュの破壊は投射速度を、すなわち夢としての夢が除去され、《理念《イデア》》が覚醒した現実世界のなかに闖入するしかたを測定するのである。マゾヒズムにおけるフェティッシュの構成は、逆に、幻想の内的な力を、その期待＝待機の緩慢さを、その宙吊りや凝固の力能を計測し、理想と現実界の双方が、幻想に吸収されるそのしかたを測定するのだ。

サディズムとマゾヒズムのそれぞれの内容は、その都度、こうした企ての形式を満たすようにおもわれる。快－苦の結合が特定のしかたで分配されることや、父のイメージや母のイメージが幻想を満たすことは、なにより形式に依存しており、この形式はこうしたしかたで実現されるほかない。素材から出発するなら、サド＝マゾヒズムの一体性をふくむすべてをあらかじめ手にすることになろうが、しかし、すべてを混ぜこぜにしてしまう。快と苦の結合をめぐる特定の定式は、一定の条件のもとで、はじめて獲得されるものなのである（期待＝待機の形式）。別の定式は、別の条件のもとでしか獲得されない（投射形式）。快－苦の複合体から出発するマゾヒズムの素材的な定義は不充分なものにすぎない。論理学でいうように、こうした定義は名目的なものにすぎず、おのれが定義するものの可能性を、結果の可能性を示してはない。しかも、もっと悪いことに、この定義は非弁別的なものであり、サディズムとマゾヒズムのありとあらゆる混淆に、ありとあらゆる変形に身をゆだねてしまうのだ。罪責感と贖罪から出発する、道徳的な定義もそれよりましなわけではない。なぜならこの定義じたいが、いわゆるサディズムとマゾヒズムの交流に依拠するものだからだ（この意味で、こうした定義は一般におもわれているよりずっと「道徳的」である）。基礎的マゾヒズムとは素材的でも道徳的でもなく、形式的なものであり、もっぱら形式的なものである。そして倒錯世界全般が要請するのは、精神分析が真の意味で形式的精神分析となり、ほとんど演繹的なものとなることであろう。この精神分析はなによりまず、数々の手順をめぐる形式主義を、この手順と同じ数だけある小説的要素として考察するのだ。

この形式的精神分析の領域で、マゾヒズムにかんしてテオドール・ライク以上に遠くまで進んだ者はいない。ライクは四つの根本的な特徴を示した。1.「空想《ファンタジー》の特殊な意義」、すなわち幻想《ファンタズム》の形式（幻想そのものとして生きられる幻想、すなわちマゾヒズムには絶対的に必要不可欠な、夢見られドラマ化され儀礼化される情景）。2.「宙吊りという要因」（期待＝待機、遅延。それは不安が性的な緊張にはたらきかけ、性的な緊張がオルガズムにまで高まることを妨害する手段を表現する）。3.「誇示という特徴」、あるいはむしろ説得という特徴（それによってマゾヒズムは苦痛、気詰まり、恥辱を人前にさらす）。4.「挑発という要因」（マゾヒストは不安を解消し、禁じられた快を与えてくれるものとして、処罰を大胆不敵に要求する）[★21]。

ライクがほかの分析家と同様に、きわめて重要な第五の要因、すなわちマゾヒズム的関係における契約形式を見落としているのは奇妙なことだ。マゾッホの現実の情事においてもその小説においても、マゾッホという特殊事例においてもマゾヒズム全般の構造においても、契約は恋愛関係の理想的な形式にして必然的な条件としてあらわれる。契約はそれゆえ、拷問者の女性とのあいだで交わされるのだが、それは奴隷状態でさえ契約に依存するとした、古代の法学者の観念を刷新するものだ。マゾヒストが鎖と紐に拘束されているのは、うわべだけのことにすぎない。マゾヒストはじぶんの言葉に拘束されているにすぎない。マゾヒズムの契約は犠牲者の同意の必要性ばかりでなく、犠牲者がおのれの拷問者を育てあげる説得の才能や、教育的で法的な努力をも表現しているのだ。この意味で、本書末尾に引用するマゾッホのふたつの契約に見られる、条項の進化と性急さを指摘しうるだろう。第一の契約が義務の一種の相互性、期間の限定、譲渡しえない持ち分の留保（仕事にかんする持ち分や、名誉にかんする持ち分）を温存しているのに対して、第二の契約は女性にいっそうの権利を与え、名や名誉や生命の権利をもふくむ、あらゆる権利を主体から取りあげるのだ[★22]（『ヴィーナス』の契約はゼヴェリーンの名を変更する）。契約のこうした性急さのなかであきらかになるのは、契約の機能とはまさに法を制定することにあるわけだが、しかし、法は巧みに制定されるほどに、ますます残酷なものとなり、契約者の一方（ここでは主唱者の側）の権利を、よりいっそう制約するものになるという点である。マゾヒズムの契約には、母のイメージに法の象徴的権力を授けるという意味がある。なぜ契約が必要なのか、そしてなぜ契約はかくなる進化を遂げるのか。その理由を探らねばなるまい。だが、契約なきマゾヒズムなど存在しない、あるいはマゾヒストの精神のなかでの準－契約なきマゾヒズムなど存在しないという点を、あらかじめ確認しておかねばならない（「パジスム」参照［「パジスム」とは、女主人の「小姓《パージュ》」となることに快を見いだす性的嗜好のこと。クラフト＝エビングも一種のマゾヒズム、ないしそれに隣接するものとして紹介している］）。

マゾッホの文化主義にはそれゆえ、ふたつの側面がある。すなわち、芸術と宙吊りのモデルにしたがって発展する美的な側面と、契約と服従のモデルにしたがって発展する法的な側面である。ところで、サドは芸術作品という手段には無関心でありつづけるが、しかし契約に対する、契約へのあらゆる呼びかけに対する、契約のあらゆる観念や理論に対する敵意は底無しである。サドによるあらゆる愚弄が、契約の原理へと敵対的に行使される。これらふたつの観点から、マゾッホの文化主義とサドの自然主義を対立させるだけで済ませるわけにはいくまい。サドとマゾッホのいずれにおいても、自然主義と、ふたつの自然の区別とが存在するのだ。だがこれらの自然は、同じしかたで配分されているわけではまったくなく、とりわけ一方の自然から他方の自然への移行は同じしかたでなされるものではない。マゾッホによるなら、まさに芸術作品と契約こそが、粗暴な自然〔本性〕から、感情的で反省＝反射された大いなる《自然》へと移行させるのである。サドにおいては反対に、二次的自然から一次的《自然》への移行はいかなる宙吊りも、いかなる美学も前提しておらず、恒久運動のメカニズムと恒久運動の諸制度を前提している。サドの秘密結社、リベルタンの結社は、制度による結社〔社会〕である。サドの思考が制度の用語で表現される一方、マゾッホの思考は契約の用語で表現される。契約と制度の法的な区分についてはよく知られている。契約は原則的に契約者たちの意志を想定し、両者のあいだで権利と義務の体系を定義するものであって、第三者に適用することはできず、限定された期間のみ有効である。それに対して制度は長期的で、意志によらず、譲渡も不可能で、権力や権能を構成する規約を定義する傾向があり、その効力は第三者にも及ぶ。だがより特徴的なのは、法と呼ばれるものにかんする契約と制度の差異である。契約とは、真の意味で法を生みだすものである——たとえこの法がそれを生みだした条件を逸脱し、それを裏切るにしても。逆に制度は法の秩序とはきわめて異質な秩序に属し、法を無用にするものとして呈示されるのであり、権利と義務の体系に代えて、行動と権力と権能の動的なモデルを据えるのだ。

それゆえサン＝ジュストは大量の制度とわずかな法を要求するのであり、共和国において法が制度に勝るなら、まだなにも成し遂げられていないと宣言するのだ……。[★23] つまりこういうことだ。たとえ法に従属しその優位を認知することになるにしても、法を産出するものとして思考される契約の特殊な運動がある。その一方で、法を失墜させ、法より上位に位置するものとして思考される制度の特殊な運動がある。

　サドの思考と、制度という主題（さらにはサン＝ジュストの思考のいくつかの側面）との親和性がしばしば指摘されてきた。だがサドの主人公が、制度をおのれの異常性《アノマリー》に奉仕させるとか、おのれの侵犯に充全たる価値を与えるための限界として制度を必要とするなどと、素朴に述べるべきではない。サドは制度にかんしてもっと直接的で深遠な思考を抱いている。サドと革命イデオロギーとの関係は複雑である。かれは共和国体制をめぐる契約的概念に対して一切共感を抱いておらず、ましてや法の観念に対する共感も抱いてはいない。サドが革命に見いだすのは、かれの憎悪するもの、すなわち法と契約なのだ。法と契約は、フランス人を真の共和国からいまなお切り離しているものなのである。だがまさにここでサドの政治思想――すなわち、かれが制度を法に対立させ、制度による共和国の樹立を契約による樹立に対立させるやり方——がその姿をあらわす。サン＝ジュストはまさに、反比例する関係を示していた。より多くの法があるほどわずかな制度しかなく（君主制と専制政治）、より多くの制度があるほどわずかな法しかない（共和国）。あたかもサドが、この観念をアイロニーに到る地点まで不断に押しすすめ、そのアイロニーが同時に、かれにとって最高に真剣な事柄でもありうるかのように、すべてが進行するのだ。最小限の法しかふくまず、究極的にはいかなる法もふくまない制度とはいかなるものか（「あまりに柔弱で、あまりに少数の」法）。法は行動を拘束する。行動を麻痺させ、道徳化するのである。法なき純粋制度は、その本性によって自由で、アナーキーで、恒久的に運動し、永久に革命し、たえざる無道徳状態にある活動のモデルとなる。「蜂起は……道徳的状態ではまったくないが、共和国の恒久的な状態でなければならない。それゆえ体制《マシン》のたえざる動揺を維持すべき人々が、きわめて道徳的な存在であることを要求するのは、馬鹿げていると同時に危険なことでもあろう。なぜなら人間の道徳的状態とは平和と静穏の状態であるのに対して、人間の無道徳的状態とは、必要不可欠な蜂起に接近させる恒久運動の状態だからである。共和主義者はおのれが成員となる政体を、たえず蜂起の状態に維持しておかねばならない[39]」。『閨房哲学』の名高いテクスト、「フランス人よ、共和主義者でありたければさらなる努力を」のうちに、サドの幻想を、政治へと逆説的に応用したにすぎぬものを見いだすのは、見当ちがいというものだろう。形式的であると同時に政治的でもある問題は、遙かに深刻で、いっそう独創的なものでもある。問題は以下の点にある。契約とはたしかに欺瞞であるとするなら、法とはたしかに専制政治に奉仕する欺瞞にすぎないとするなら、制度のみが法や契約と本性を異にする唯一の政治形態だというのがたしかだとするなら、完璧な制度とは、すなわちあらゆる契約と対立し、最小限の法しか想定しない制度とは、いかなるものであるべきか。サドのアイロニーに満ちた返答とは、かくなる条件のもとでは、無神論も――誹謗中傷、強盗も――売春、近親姦、男色も――殺人さえも――制度化可能であり、もっというなら、それらは理想の制度、恒久運動からなる制度の必然的な対象であるというものだ。とりわけ、サドが普遍的売春を制度化する可能性を力説していること、また、第三者への適用不可能性を引き合いにだす「契約説」による反論を、論駁しようとするしかたに瞠目すべきであろう。

いずれにせよ、サドの政治思想を定義したければ、熱狂的なかれの宣言と、革命期のかくも穏健なかれの個人的な態度とを対比させるだけでは、不充分であるようにおもわれる。制度－契約の対立、そしてそれに由来する制度－法の対立は、実証主義的精神の法的な常套文句となった。だがこの対立は、その意味と革命的な性格を、日和見的な妥協のなかで失ってしまったのだ。これらの対立の意味を、それが内包する選択と方針の意味を見いだすには、サドに舞い戻らねばなるまい（そしてサドと同じ返答をよこすわけではないサン＝ジュストにも同じく）。サドには深遠な政治思想が、革命的で共和主義的な制度をめぐる政治思想があり、それが法と契約に対して二重に対立するのだ。だがこの制度の思考は、すみずみまでアイロニーに貫かれている。なぜならそれは性的な、性化された思考だからであり、契約と法によって政治を思考しようとするあらゆる試みに対する挑発として構成されているからだ。マゾッホには正反対の異才を期待すべきではないだろうか。もはや八九年の革命にかかわるアイロニーに満ちた思考ではなく、一八四八年革命にかかわるユーモアに満ちた思考を期待すべきではないか。もはや契約と法に対立する制度をめぐるアイロニーに満ちた思考ではなく、相互に連関する契約と法をめぐるユーモアに満ちた思考を期待すべきではないか。いまや、これら真の法的問題を把握しなおしたければ、この法的問題を、サドとマゾッホが与えた倒錯的形式のもとに置き、歴史哲学のパロディのなかで、この問題を小説的要素に仕立てあげねばなるまい。

法、ユーモア、アイロニー

法の古典的なイメージが存在している。プラトンがこのイメージに完璧な表現を与え、それがキリスト教世界で幅をきかせてきた。このイメージは、原理の観点と帰結の観点から、法の二重の状態を規定している。原理についていうなら、法は第一のものではない。法は権限を譲渡された二次的な権力にすぎず、《善》というより高次の原理に依存している。人間が《善》とはなにかを知っていたなら、あるいはそれに合致する術を知っていたなら、法など必要なかっただろう。法とは、多かれ少なかれ《善》から見放された世界における、《善》の代理物にすぎないのだ。それゆえ、帰結の観点からするなら、法に服従することが「最善」であり、最善とは《善》の似姿《イメージ》なのである。正義の人はじぶんが生まれた国、生活する国で、みずから法にしたがう。かくして正義の人は、たとえ思考する自由を――《善》を思考し、《善》のために思考する自由を——保持しているにしても、最善のために行動するのである。

このイメージは、一見するとあまりに順応主義的なものとおもえるが、にもかかわらず政治哲学の条件を構成するアイロニーとユーモアを、すなわち、法の階梯における上部と下部という反省＝反射の二重の縁をふくんでいる。この意味で、ソクラテスの死は範例的である。法は、その命運を有罪宣告された者の手にゆだねるのであり、有罪宣告された者がその服従によって、反省された思慮深い承認を法に授けるよう要求するのだ。法から、法を基礎づけるのに必要不可欠な原理としての絶対的な《善》へと遡行する歩みのなかには、多くのアイロニーが存在している。法から、相対的な《最善》へと、我々が法に服従するよう説得するのに必要な《最善》へと下降する歩みのなかには、多くのユーモアが存在している。これはつまり、法の概念は力づくでなければ、じぶんだけで立っていることができず、より高次の原理と、より遠くまで及ぶ帰結とを、理念的に必要とするということだ。おそらくだからこそ、『パイドン』の謎めいたテクストによるなら、ソクラテスの死に立ち会う弟子たちは笑わずにはいられないのである。アイロニーとユーモアは、本質的に、法思想を形成する。法との関連でアイロニーとユーモアは行使され、おのれの意味を見いだすのである。アイロニーとは、無限に高次の《善》によって法の基礎づけを行おうとする思考の戯れであり、ユーモアとは、無限により公正な《最善》によって法の承認を行おうとする思考の戯れである。

いかなる影響のもとで、法の古典的なイメージが転倒され、破壊されたのかと問うにせよ、それが、法の相対性や可変性の発見によるのでないことはたしかであろう。なぜならこうした相対性は、古典的なイメージにおいても充分知られ理解されていたからであり、必然的にその一部となっていたからだ。真の理由は別のところにある。この理由をめぐるもっとも厳密な言表は、カントの『実践理性批判』に見いだされるだろう。カント自身が述べるところによるなら、かれの方法の新しさとは、もはや法が《善》に依存しておらず、逆に、《善》が法に依存しているという点にある。このことが意味するのは、もはや法は、その権利の由来たる高次の原理によっておのれを基礎づける必要はないし、また基礎づけることもできないということである。このことが意味するのは、法はそれじたいで価値をもたねばならず、おのれ自身をみずから基礎づけねばならないということであり、それゆえ法は、おのれ自身の形式以外の手段を一切もたないということなのだ。史上はじめて、ほかのいかなる特殊な限定もなしに、対象を示唆することもなしに、いまや《法なるもの》について語ることができるし、またそうしなければならない。古典的なイメージは、《善》の諸領域や、《最善》の諸状況に応じて、特殊なものとして限定される様々な法しか知らなかった。逆に、カントが道徳法「なるもの」について語るとき、道徳的という語が指し示しているのは、絶対的に未規定でありつづけるものに対する規定作用だけなのである。道徳法とは、内容や対象、領域や状況から独立する純粋形式の表象である。道徳法が意味するのは《法なるもの》、法の形式であり、つまりは法を基礎づけうる高次の原理すべてを排除するものなのだ。この意味で、カントは法の古典的なイメージと訣別し、まさしく近代的なイメージを切りひらいた最初の一人である。『純粋理性批判』におけるカントのコペルニクス的革命とは、認識の対象が主体の周囲をまわるようにすることであった。だが『実践理性批判』の革命とは、《善》が《法》の周囲をまわるようにすることであり、このことのほうがおそらく遥かに重要なのである。おそらく、それは世界における重要な変動を表現していた。おそらく、それはキリスト教世界の彼岸にある、ユダヤ教的信仰への回帰の最終的な帰結をも表現していた。おそらく、それはプラトン的な世界の彼岸にある、法の前ソクラテス的な（エディプス的な）概念への回帰を告知してさえいた。いずれにせよ、法《なるもの》を究極的な根拠に仕立てあげることによって、カントが近代の思考にその主要な次元のひとつを与えたことに変わりはない。すなわち、法の対象は本質的にその姿を隠すのだ。[★24]

それとは別の次元が立ちあらわれる。問われているのは、カントがみずからの体系のなかで、じぶんの発見に与える均衡ではない（またカントが《善》を救うしかたでもない）。重要なのはむしろ、先の発見に相関し、それを補完する別の発見なのである。もはや法が、高次の原理としての《善》によっておのれを基礎づけることができなくなると同時に、法はもはや、正義の人の善良な意志としての《最善》によって承認されるべきものでもなくなる。なぜならきわめて明確なのは、その純粋形式によって定義される《法なるもの》には、素材も対象もなく、特殊な限定もないということであり、それがなんであるか知られず、それを知ることもできないからだ。《法なるもの》は認識されることなく作動する。《法なるもの》が定義する漂泊の領域において、人はすでに有罪なのであり、すなわち《法なるもの》がなんであるかを知る以前に、その領域において境界をすでに侵犯してしまっている。つまり、エディプスなのだ。そして罪責感や処罰は、法がなんであるかを認識させることすらなく、法をかくなる未規定性のうちに放置するのであり、しかもこの未規定性そのものが、極度に精緻な処罰のありようと合致するのだ。カフカはこうした世界を描きだすことができた。だが肝心なのは、カントとカフカを組み合わせることではなく、法をめぐる近代の思考を形成するふたつの極を導きだす点にある。

というのも、法がもはや先立つ高次の《善》によって基礎づけられないなら、法がその内容をまったく未規定なままに放置するおのれ自身の形式によって価値を獲得するなら、正義の人は最善をめざして法に服従する、と述べるのは不可能になるからだ。あるいはむしろ、法に服従する者は、そのことによって正義にかなうこともなければ、そう感じることもないといってもよいだろう。法に服従する者は逆におのれが有罪だと感ずる。つまり、その人はあらかじめ有罪なのであり、厳密に服従すればするほど、ますます有罪になるのである。同じひとつの操作によって、法は純粋な法としてその姿をあらわすとともに、我々を有罪者として構成する。古典的なイメージを形成してきたふたつの命題、すなわち原理の命題と帰結の命題、

《善》による基礎づけという命題と、正義の人による承認という命題が、同時に崩壊するのだ。フロイトの功績とは、道徳的意識のこの途方もない逆説をあきらかにした点にある。法にしたがうほどに正義にかなっていると感ずるどころか、法は「主体が有徳の人であるほど、いっそう厳格に振舞い、さらなる疑念を表明することになる……。このうえなく善良で従順な人の抱く道徳的意識のかくも並外れた厳格さ……」★25。

だがもっというなら、この逆説にかんする分析的な説明を行ったのもフロイトである。欲動の断念が道徳的意識から生まれるのではなく、逆に道徳的意識のほうがこの断念から誕生するのだ。それゆえ、断念がより強力で厳格なものであるほど、欲動の後継者たる道徳的意識が強化され、厳格に行使されるようになるのである（「こうした断念が意識〔良心〕に及ぼす作用とは、我々がその満足を諦めた攻撃的部分が、超自我においてまるごと復活し、自我に対する固有の攻撃性を増大させるというものだ」◆40）。このとき法の根本的に未規定な性格にかかわる、別の逆説が解消されることになる。ラカンが述べるように、法とは抑圧された欲望と同じものである。法は矛盾なしには、おのれの対象を規定できない。すなわち、法が内容によって定義されるには、抑圧を除去しなければならないが、しかし法はまさしくその抑圧に依拠しているのである。法の対象と欲望の対象は一体のものであり、同時にその姿をくらませるのだ。対象の同一性が母に関連づけられ、欲望と法の同一性そのものが父に関連づけられることをフロイトが示すとき、かれはたんに法の規定された内容を復元しようとしていたわけではない。そうではなくほとんど反対に、どうして法が、そのエディプス的な源泉のせいで、おのれの内容を必然的に覆い隠さざるをえず、そうすることでどうして法が、対象と主体（母と父）の二重の断念から生まれる純粋形式としての価値を獲得するのかということを示そうとしたのだ。

プラトンによってもちいられ、法をめぐる思想を支配してきた、古典的なアイロニーとユーモアがこうして転倒される。《善》による法の基礎づけと、《最善》にもとづく思慮深い人の賛同とによって表象される、二重の縁が無に帰してしまうのである。もはや一方の法の未規定性と、他方の精緻な処罰しか存在しない。だがそれによってアイロニーとユーモアは、新たな近代的形象をまとうことになる。アイロニーとユーモアは法の思考でありつづけるが、法の内容の未規定性と、法にしたがう者の罪責感のもとで法を思考するのだ。あきらかにカフカは、法の地位の変動に符合するまさしく近代的といいうる価値を、ユーモアとアイロニーに賦与している。マックス・ブロートが想起しているように、カフカが『訴訟』を朗読したとき、聴衆も、カフカ自身も笑いころげたのだ。ソクラテスの死を看取った者の笑いと同じく神秘的な笑いである。悲劇的なものに対するまやかしの感性は人を愚かにする。作家を活気づける攻撃的で喜劇的な思考の力能を、子どもじみた悲劇的感情にすり換えてしまうことで、我々はどれほど多くの作家を歪めてきたことだろう。いまだかつて、法を思考するには、たったひとつの方法しか存在してこなかった。すなわち、アイロニーとユーモアからなる思考の喜劇しか存在してこなかったのだ。

だがこうして、近代の思考とともに、新たなアイロニーと新たなユーモアの可能性が切りひらかれた。いまやアイロニーとユーモアは、法の転倒をめざすものとなる。私たちはサドとマゾッホを再発見する。サドとマゾッホは法に対する異議申し立ての、急進的な転倒のふたつの偉大な企てを表象しているのだ。私たちがたえずアイロニーと呼んでいるのは、法をより高次の原理に向けて乗り越え、それによって法に二次的な権力しか認めまいとする運動のことである。だがまさに高次の原理がもはや、法を基礎づける《善》でも、法が委譲する権力を正当化する《善》でもなく、そうではありえないとするなら、なにが起こるのだろうか。その点をサドが教えてくれる。法はどんな形式（自然的、道徳的、政治的）をまとうにせよ、二次的自然の規則であり、この自然は保存の要請とたえず結託し、真の主権性を横領するものなのだ。周知の二者択一によって、法が最強者の強制力の表現として理解されるか、あるいは反対に、弱者たちを保護する連帯として理解されるかなど、さして重要ではない。なぜならこの主人や奴隷、この強者や弱者はいずれも、二次的自然に全面的に属しているからである。弱者たちの連帯が暴君を支援し、暴君を呼び起こすのであり、暴君はその存在のためにこの連帯を必要としているのだ。いずれにせよ、法とは欺瞞である。それは委譲された権力ではなく、奴隷とその主人の唾棄すべき共謀のなかで、横領された権力なのだ。法の体制とは、同時に暴政を蒙る者と暴君とからなる体制であるとして、サドがどれほどの告発を行ったかを強調しておくことにしよう。というのも、人々が暴政にさらされるのは法によってのみだからだ。「隣人の情念など、法の不正に比べればまったく心配に及ばない。なぜなら隣人の情念は、私の情念によって抑制されるが、法の不正を食い止め制御するものなどなにもないからだ◆41」。だが同様に、人が暴君となりうるのは法によってでしかない、という点も明記しておくことにしよう。暴君は、法によってはじめて開花するのである。『ジュリエット』においてキージが述べるように、「暴君が生まれるのは決してアナーキーのなかではない、暴君は法の庇護のもとでのみ成長し、法によってのみ権威づけられるのだ◆[42]」。ここにサドの思考の本質がある。すなわち暴君に対する憎悪であり、法が暴君を可能にすることを示すその流儀である。暴君は法の言語を語るのであって、ほかの言語ではない。暴君は「法の庇護」を必要とする。サドの主人公たちは奇妙な反暴政に力を傾注し、いかなる暴君も語りえないようなしかたで、いかなる暴君もかつて語りえなかったようなしかたで語り、反－言語を創設するのだ。

法はそれゆえ、より高次の原理に向けて乗り越えられるのだが、この原理はもはや法を基礎づける《善》ではなく、むしろ逆に《悪》の《理念《イデア》》であり、法を転倒させんとする悪意を抱く至高の《存在》である。プラトン主義の転倒、そして法そのものの転倒。法の乗り越えは、一次的自然の発見を前提としており、それはあらゆる意味で、二次的自然の要請と支配に対立する。それゆえ、この一次的自然において具現化される絶対悪の《理念《イデア》》は、いまなお法を前提する暴政と一体化することもなければ、気まぐれと恣意の結合と一体化することもない。その非人称的な高次のモデルはむしろ、恒久運動と永久革命のアナーキーな制度なのだ。サドはこのことをしきりに喚起する。法が乗り越えられうるのは、制度としてのアナーキーに向けてのみである。そしてアナーキーが法のふたつの体制のあいだ、すなわちそれが廃絶する旧体制と、それが生みだす新体制のあいだでしか創設されないという事実は、この短くも神々しい瞬間、ほとんど零に還元される瞬間が、あらゆる法との本性の差異を証言することを妨げない。「法の支配は悪徳に満ちており、アナーキーの支配に劣るものだ。私の主張の最大の根拠は、政治体制《コンスティテュシオン》〔憲法〕をつくりなおそうとするとき、政体がアナーキーに陥ることを余儀なくされるという事実なのだ」[◆43]。法の乗り越えは、法を転倒しその権力を否定する原理において、はじめて成し遂げられるのである。

逆に、マゾッホの主人公が法に服従し、その服従に満足していると紹介するだけでは舌足らずであろう。マゾヒストの服従のうちにひそむ嘲弄、このうわべの従順さのかげにひそむ挑発や批判力が、ときに指摘されてきた。マゾヒストはたんに別の方面から法を攻撃しているだけなのだ。私たちがユーモアと呼ぶのは、法からより高次の原理へと遡行する運動ではなく、法から帰結へと下降する運動のことである。私たちはだれしも、過剰な熱心さによって法の裏をかく手段を知っている［「過剰な熱心さ（excès de zèle）」は「遵法闘争（grève du zèle）」を踏まえた表現］。すなわち、きまじめな適用によって法の不条理を示し、法が禁止し祓い除けるとされる秩序壊乱を、法そのものに期待するのだ。人々は法を言葉どおりに、文字どおりに受け取る。それによって、法の究極的で一次的な性格に異議申し立てを行うわけではない。そうではなく、この一次的な性格のおかげで、法が我々に禁じた快を、まるで法がおのれ自身のためにとっておいたかのように、人々は行動するのだ。それゆえ法を遵守し、法を受け容れることによって、人々はその快のいくらかを味わうことになるだろう。もはや法は、原理への遡行によって、アイロニーに満ちたしかたで転倒されるのではなく、帰結を深化させることによって、ユーモアに満ちたしかたで斜めから裏をかかれるのである。ところで、マゾヒズムの幻想や儀式が考察されると、そのたびに以下の事実に突きあたることになろう。すなわち、法のもっとも厳格な適用が、通常期待されるものと逆の効果をもたらすのである（たとえば、鞭打ちは、勃起を罰したり予防したりするどころか、勃起を誘発し確実なものとする）。これは背理法による証明である。法を処罰の過程とみなすとき、マゾヒストはじぶんに処罰を適用させることからはじめる。そして受けた処罰のなかに、じぶん自身を正当化してくれる理由、さらには法が禁止するとみなされていた快を味わうよう命ずる理由を、逆説的なしかたで発見するのだ。マゾヒストのユーモアとは以下のようなものである。欲望の実現を禁じ、それに違反するなら処罰を下すその同じ法がいまや、まず処罰を行い、その帰結として欲望を満足させるよう命ずる法となるのだ。またもテオドール・ライクは、この過程をみごとに分析してみせる。マゾヒズムとは、苦痛のうちにひそむ快でもなければ、処罰のうちにひそむ快ですらない。マゾヒストが処罰や苦痛のうちに見いだすのは、せいぜい前駆的な快にすぎない。むしろ、マゾヒストは真の快をそのあとで見いだすのであり、処罰の適用が可能にするもののうちに見いだすのである。マゾヒストは快を感じる前に、処罰を受けなければならない。困ったことに、この時間的な継起が、論理的な因果と混同されてしまっているのだが、苦痛は快の原因ではなく、快の到来に欠かせない予備的条件なのである。「時間の反転が示唆するのは内容の反転である……。これをしてはならないが、これをしなければならないに変換されたのだ……。処罰をめぐって背理法による証明が行われるのは、禁じられた快に対するこの処罰がまさに、この同じ快を条件づけることが示されるときなのだ[★26]」。この手法が、否認、宙吊り、幻想といった、ユーモアの諸形象を形成するマゾヒズムのほかの規定にも反響してゆく。こうして慇懃さによって無礼となり、服従によって叛逆するマゾヒストの姿が浮かびあがってくる。つまり、ユーモアに満ちた人、帰結の論理学者であって、サドのアイロニーに満ちた人のほうは原理の論理学者なのだ。

法は《善》によって基礎づけられえず、むしろ法の形式に依拠しなければならないという着想から出発することで、サドの主人公は、法から高次の原理へと遡行する新たな方法を創出する。だがその原理とは、法を破壊する一次的自然の不定形《アンフォルメル》な要素なのだ。これに対し、法はそれに服従する者の罪責感を成長させるという、近代の別の発見から出発することで、マゾッホの主人公は、法から帰結へと下降する新たな方法を創出する。マゾッホの主人公は罪責感の「裏をかき」、処罰を、禁じられた快を可能にする条件に変えるのだ。それによってマゾヒストは、たとえ別の方法によってであれ、サディストと同様に法を転倒させるのである。このふたつの方法が、イデオロギー的にいってどのように進展するかについてはすでに述べた。

あたかも、つねにその姿を隠しているエディプス的な内容が、二重の変容を蒙るかのようにすべてが進行するのである——あたかも、母－父の相補性が二度粉砕され、対称性を喪失するかのように。サディズムの場合、法の上位に置かれるのは父であり、母を典型的な犠牲者とする高次の原理である。マゾヒズムの場合、法全体が母へと差し戻され、その母が象徴的圏域から父を追放するのである。

契約から儀式へ

マゾヒズムにおける不安という因子の重要性が、ときに強調されてきた（ナクト、ライヒ）。前景にやって来る処罰が、この不安を解消し、最終的に快を可能にする機能を果たすというのである（ライク）。だがこの説明では、いかなる特殊な条件のもとで、処罰がかくなる解消機能を担うのかを示していない——またとりわけ、いかにして不安とそれがふくむ罪責感が、たんに「解消」されるばかりでなく、織細にその裏をかき、パロディ化されることで、マゾヒズムに奉仕するようになるのかも示していない。形式的過程において本質的であるようにおもわれたもの、すなわち母への法の移行、法と母のイメージとの同一化を分析せねばならない。なぜならこうした条件のもとではじめて、処罰がその独創的な機能を獲得し、罪責感が華々しい勝利へと転換されるからだ。しかし一見したところ、母への移行はマゾヒズムに内在する「安堵」をまったく説明しないだろう。感情的で、冷酷で、残酷な母に、さらなる寛大さを期待する理由など一切ないのである……。

すでにお気づきのとおり、契約から法を生みだすかぎりにおいて、マゾヒストは法の極端な厳格さを緩和させようとしているのではなく、逆にこの厳格さを強調する。なぜなら、たしかに契約が意志同士の合意、期間の限定、譲渡しえない持ち分の留保といった条件を原則的に前提するにしても、そこから生じる法にはおのれの起源を忘却し、これらの限定的な条件を無化しようとする傾向があるからだ。それゆえ、契約と法とのあいだの関係には一種の欺瞞が存在する。社会の起源に契約や準契約が想像されるにしても、法が創設されるやいなや必然的に裏切られる条件をもちだすことなしには、こうした想像は不可能なのだ。なぜなら法はいったん制定されると、第三者に適用され、期間を定めずに効力をもち、いかなる持ち分も留保しないからである。法－契約という関係のはらむこの裏切りについて、すでに見たようにマゾッホは、かれ自身の個人的な恋愛契約が順々に結ばれてゆくなかで、この裏切りが昂進してゆくさまを示していた。あたかも、段々と厳格になってゆく契約条項が、この条項から逸脱する法の行使を前もって準備していたかのようなのだ。法の帰結が我々の奴隷状態であるとするなら、契約のおそるべき対象として、まずはじめに奴隷状態を設定すべきではないだろうか。一般的にいって契約は、マゾヒズムにおいて、その運命のまったき両義性を際立たせる戯画の対象になるとさえいわねばなるまい。なぜなら、契約関係は人為的で、アポロン的で、男性的な文化的関係の類型そのものだからであり、我々を母や女性に結びつける自然的で冥界的な関係と対立するものだからである。女性が契約関係に入るとすれば、それはむしろ、父権社会の対象という資格においてのことなのだ。ところで逆に、マゾッホの契約は女性とのあいだで交わされる。そしてこの契約はその一方の側を奴隷とし、他方の側――女性――を主人かつ拷問者にするという、逆説的な意図をふくむものだ。ここでもまた、過剰な熱心さによる契約への告発のようなもの、条項の性急さによるユーモア、名義人の書き換えによるラディカルな転換があるのだ。奴隷状態と死にさえ向かう決然たる意図が契約に賦与されることによって、女性や母への便宜のために契約を駆動させることによって、契約が脱欺瞞化されるかのようだ。そして高次の逆説なのだが、この意図が構想され、この便宜に対する同意が行われるのは——犠牲者によってであり、男性の側によってなのである。八九年の《革命》にまつわるサドのアイロニーが存在する。つくりたまえ、ただし法をつくるのではない、なぜならあなたがたは結局なにも生みださないだろうから。そうではなく、恒久運動の制度をつくりたまえ……。四八年革命と汎スラヴ主義にまつわる、マゾッホのユーモアが存在する。契約を交わしたまえ、ただしおそるべき女帝と契約するのだ、そうすればこのうえなく感情的でありながら、このうえなく冷たく、このうえなく厳格な法がそこから生みだされるだろう（『体験記』において、マゾッホは汎スラヴ主義会議を揺さぶっていた問題を叙述している。すなわち、スラヴ人たちは帝政を廃止したロシアのおかげで統一されるのか、それとも天才的な女帝の指導する強力な国家によって統一されるのか[★27]）。

　母とのあいだで交わされ、絶頂まで押しすすめられるこうした契約に、犠牲者はなにを期待するのだろうか。目的は素朴で単純である。マゾヒズムの契約は父を排除し、父権的な法に価値を与えその法を適用する責務を、母へと移行させるのである。とはいえこの母は厳格で、残酷である。だが問題はこのように立てられるわけではない。実際のところ、父の観点から把握され、父のイメージに結びつくとき、脅威は近親姦を禁止する役割を担うのだが、この同じ脅威が、ひとたび母に賦与され母のイメージに移行すると、逆に近親姦を可能にし、その成功を保証するものとなるのだ。転移がここではきわめて効果的にはたらく。去勢とは通例であれば、近親姦を阻止する脅威であり、それに制裁をくわえる処罰である。それは近親姦への障碍であり、処罰なのだ。だが母のイメージの観点からするなら、逆に、息子の去勢は近親姦の成功の条件となるのであり、近親姦はこの移行によって、いまや父がいかなる役割も果たさない第二の誕生と同一化されるのだ。そこから生じるのが、マゾヒズムにおいてしばしば指摘される「中断される愛」の重要性である。中断される愛によってマゾヒストは、性的行為を、同時に近親姦と第二の生誕へと同一化しうるようになる。これは去勢の脅威から逃れるにとどまらず、去勢そのものを、〔近親姦の〕成功の象徴的な条件に変える同一化の二重の過程なのである。

　マゾヒズムの契約はそれゆえ、この契約が創設する法によって、儀式へと我々を駆り立ててゆく。マゾヒストが強迫観念に取り憑かれ、儀式がマゾヒストの活動そのものとなるのは、儀式が、そこで現実が幻想化される境位を表象するかぎりにおいてのことだ。マゾッホの小説における儀式の三つの大きな類型は、狩猟の儀式と、農耕の儀式と、再生、第二の生誕の儀式である。この三つの類型は三つの基本的な性質を取りあげなおすものだ。すなわち毛皮の、狩猟の戦利品の獲得を要求する冷淡さ。隠された感情性と、保護された多産性にくわえ、労働を命ずる厳格な命令をも要求する農耕。再生を追い求めるあの厳格さそのもの、あの苛酷さ。これら三つの儀式の共存と相互干渉が、マゾッホの大いなる神話を構成する。そしてマゾッホの全小説はそれを、多岐にわたる形象へと発展させてゆくのだ。すなわち理想の女性が熊や狼を狩るのであり、農耕共同体を組織し指揮するのであり、男性に新たな生誕を強いるのである。この第三の儀式こそが本質的であり、神話のうちに見られる残りふたつの儀式の真の目的となるようにおもわれる。

『雄狼と雌狼』でヒロインは、求婚者に向かって、狼の皮のなかに縫い込まれ、狼として生き、吠え、狩りの対象となるよう要求する。ここではすでに、儀式的な狩猟が再生誕のために奉仕していることが明瞭である。というのも狩猟とは、第二の母、口唇的な母が、子宮的な原初の母の戦利品を奪い取り、再生誕させる能力を手に入れるための活動だからだ。第二の生誕は父からも子宮的な母からも独立したものであり、一言でいうなら単為生殖なのだ。『ヴィーナス』が詳細に描くのは農耕の儀式である。黒人女性たちが「庭園を下って南側の境界をなしている葡萄園まで私を引き立てていった。葡萄棚のあいだにはトウモロコシが植えられており、ところどころに干からびた茎がいくつかまだ見えていた。傍らには犂が置いてあった。黒人女たちは私を杭に縛りつけると、金色のヘアピンで私をつついて娯しんだ。だがそれも長くはつづかなかった。ワンダがやって来たからだ。白貂の縁なし帽をかぶり、ジャケットのポケットに両手を突っ込んでいる。私の縄をほどかせ、手を背中側にくくりつけさせると、首に軛をはめ、犂に結えつけさせた。黒人の女悪魔たちが私を畑のほうへと押しやった。かのじょたちの一人が犂を操作し、別の女が私を繋ぐ縄を引っぱり、三人目の女が長鞭で私にはっぱをかけた。そして毛皮を着たヴィーナスはその傍らで、この光景をじっと見守っていた」◆44。このテクストには母の三つのイメージの現前、三人の黒人女性が見いだされる。だが口唇的な母はまるで二重化されたかのように、一度目は系列のなかに、ほかの女性のなかの一人としてあらわれ、二度目は、系列から外れ、系列総体を指揮し、ほかの女性たちの全機能を奪取し変形することで、それを再生誕の主題へと奉仕させる。なぜなら、すべてが単為生殖を告げているからだ。すなわち、葡萄とトウモロコシとの同盟、つまりディオニュソス的要素と女性的な農耕共同体との同盟があり、母との結合としての犂があり、ピンで刺すこと、次いで鞭打ちが単為生殖の活性化として登場し、縄で引き立てられる息子の再生誕がある。[★28] 三人の母のあいだでの選択という主題がつねにあり、振り子運動がつねにあり、栄光につつまれた口唇的な母による子宮的な母とエディプス的な母の吸収がある。口唇的な母こそ、《法》の主人なのだ——すなわちマゾッホがコミューンの法と呼ぶものであり、そのなかで狩猟の要素、農耕的で母権的な要素が統合されるのだ。子宮的な母、女性狩人自身が狩猟の対象となり、毛皮を剝がれる。エディプス的な母、牧人の母は、すでに父権的体系に統合されており（犠牲者として、または共犯者として）、かのじょ自身も生贄となる。ただ一人生き残り、勝ち誇るのが口唇的な母であり、農耕と、母権制と、第二の生誕に共通の本質なのである。そこから、マゾッホの作品の隅々にまで行きわたる農耕的コミュニズムの夢が生まれるのであり、それがかれの「幸福のおとぎ話《メルヘン》」に着想を与えている（『マルチェラ』、『ドニエストルの楽園』、『醜の美学』）。コミューンと、口唇的な母によって体現されるコミューンの法と、この女性一人から再生誕することによってはじめて誕生するコミューンの人間とのあいだに、このうえなく深い繋がりが織りなされるのだ。

マゾッホの作品における男性の主要な作中人物二人は、カインとキリストである。かれらの徴は同じものだ。カインに刻印されるのはすでに十字架の徴であり、×や＋と記されていた。マゾッホがじぶんの作品の大部分をカインの徴のもとに置くとき、かれは数多くのことをいわんとしている。すなわち、自然と歴史のいたるところに姿をみせる犯罪であり、甚大な苦痛である（「私に下される処罰はあまりに重く、耐えきれません」[◆45]）。だがカインもまた農耕者であり、母のお気に入りである。イヴは歓喜の声をあげてカインの生誕を歓迎するが、牧人であり父の側にいるアベルには歓びを示さなかった。母のお気に入りは、父ともう一人の息子との同盟を断ちきるために、犯罪にすら手を染める。つまり、カインは父に類似するものを殺害し、イヴを母なる女神に仕立てあげるのである（ヘルマン・ヘッセは、ニーチェとマゾッホの主題が混ざりあう興味深い小説『デミアン』を執筆した。そこには母なる女神とイヴとの、すなわち額にカインの徴を帯びる巨人女との同一化がみられる）。カインがマゾッホにとって貴重なのは、かれの蒙る苦痛ばかりでなく、それ以前にかれの犯す犯罪によるものでもある。カインの犯罪は、サド＝マゾヒズムの象徴を示すわけではない。カインの犯罪は、かれのおもい描く計画によって、かれに霊感を授ける母の世界への忠実さによって、口唇的な母の選択と父の排除によって、ユーモアと挑発によって、全面的にマゾヒズムの世界に属しているのだ。カインの「遺産」とはひとつの「徴《シーニュ》」である。カインが《父》によって罰せられるという事実は、父の攻撃的な回帰、幻覚的な回帰を示している――最初の挿話がこうして終わりを迎える。第二の挿話はキリストである。父との類似はあらためて廃棄される（「なぜ私を見捨てたのですか」）◆46。そして《母》が《息子》を十字架にかけるのだ。《処女《マリア》》がみずからキリストを十字架にかけるのである。マリア幻想へのマゾヒズムの寄与であり、マゾッホ版の「神は死んだ」である。そして、かれをイヴの息子に結びつける徴のもとで、キリストを十字架にかけることで、かのじょは母なる女神の、偉大な口唇的な《母》の企てをみずから引き継ぐ。すなわち、単為生殖による第二の生誕としての復活を、息子に保証するのだ。死ぬのは《息子》であるというより、《父》なる神であり、息子のうちなる父との類似である。十字架はここで、死の母性的なイメージ、鏡を表象しており、この鏡のなかにキリストのナルシス的自我（＝カイン）が、理想自我（復活したキリスト）を見いだすのである。

だがなぜ、かくなる苦痛がいたるところにあるのか。なぜ第二の生誕の条件として、かくなる贖罪があるのか。なぜカインへの処罰とキリストへの拷問は甚大なものなのか。なぜマゾッホの作品全体に、かくなるキリスト論があるのか。サドにあって重要なのは、合理主義的で無神論的、フリーメーソン的でアナーキーな結社であった。マゾッホにとって重要なのは、オーストリア帝国にみられるような農耕の神秘教団である。かれの小説二篇はそうした教団《セクト》を対象とするものだ。すなわち『魂を漁る女』と『聖母』である。これら二篇はマゾッホのもっとも美しい小説に数えられる。かくも希薄となり窒息せんばかりとなった空気、同意にもとづく拷問のかくなる強度は、セクトの専門家でもあるH・H・エーヴェルスの最良の作品にしか見いだせないものだ（たとえば『魔法使いの弟子』）。『聖母』が語るのは以下のようなことである。ヒロインのマルドナは、かのじょの教団、コミューンを、同時にやさしく、厳格で、冷酷なやり口で指揮している。かのじょは怒りにあふれ、鞭打たせ、投石させながら、しかしおだやかである。また教団全体がおだやかで快活だが、罪人には厳しく、秩序壊乱に対して敵対的である。マルドナには小間使いがおり、ニンフォドーラという優雅で陰鬱なこの娘は、じぶんの腕に深い切り傷をつけることによって、聖母が血に身を浴し、それを飲み干すことで決して老いぬよう取り図る。サバディルはマルドナを愛するが、しかし別のしかたでニンフォドーラを愛してもいる。マルドナはそのことで不安になる。聖母として、かのじょはこう叫ぶのだ。「聖母の愛こそが、贖罪をもたらし、人間に新たな生誕をもたらすのです……。私にはあなたの肉体を変容させ、あなたの肉体的な愛を神聖な感情に変えることができませんでした……。あなたにとって、いまの私は一人の裁き手にすぎません」[47]。そして聖母は拷問を受けるサバディルの同意を求める。こうしてかのじょは、かれを十字架に釘打たせるのだ。ニンフォドーラが手を、聖母自身が足を。マルドナが苦悶にひたりながら恍惚を味わう間に、夜がやって来て、サバディルが《受難》を演ずる――「なぜ私を見捨てたのですか」。そしてニンフォドーラにはこう述べる。「なぜ私を裏切ったのですか」[48]。聖母がおのれの息子を十字架にかけねばならないのは、まさにかれが、かのじょの息子となり、かのじょ一人による生誕を享受するためなのだ。

『セイレーン』において、ゼノビアはテオファンの髪を切り、こう叫ぶ。「ようやくあなたを男にしてやることができました」。『離婚した女』のアンナは、難しい課題を成し遂げ、ユリアンを鞭打ってから、最後にこう告げることを夢見ている。「試煉に耐えたあなたは男です[49]」。きわめて素晴らしい中篇において、マゾッホは一七世紀のメシアであるサバタイ・ツヴィの生涯を語る。カバラ学者にして狂信家であるサバタイ・ツヴィは、禁欲の修行をしており、サラを娶るものの、夫婦のつとめを果たそうとはしない。「甘美な責め苦として私のそばにいておくれ[50]」。ラビの命令で、かれはサラと別れ、ハンナのもとへと向かう。かれは同じことをまた繰り返す。かれは最終的にポーランドの若いユダヤ人女性ミリアムと結婚するが、かのじょのほうが先手を打ち、サバタイがじぶんにふれることを禁ずる。ミリアムへの思慕をつのらせながら、かれはコンスタンチノープルへと旅立ち、じぶんのメシアとしての使命をスルタンに説得しようとする。すでに様々な都市全体が、テサロニカ、スミュルナ、カイロが熱狂に包まれている。かれの名がヨーロッパ中に轟きわたる。サバタイはラビたちとの熾烈な闘いを繰り広げ、ユダヤ人たちにユダヤの地へと回帰するよう告げる。不満を抱いたスルタンの妃は、もしかれが変わらないならサバタイを殺すつもりだとミリアムに告げる。そこでミリアムはアルダ川、トゥンジャ川、マリッァ川という三本の河の合流地点にサバタイを水浴させるのだ。三本の河に、サバタイの三人の妻に、母の三つのイメージを認めずにいることがどうしてできよう。そしてこの三人のなかで勝利をおさめるのは、ミリアム、すなわち口唇的な母なのである。ミリアムはサバタイに告解させ、茨の冠をかぶせてかれを鞭打ち、最終的に夫婦の契りを結ぶ。「妻よ、私をどうしようというのか」――「あなたを男にしてあげたのです……[◆51]」。翌日、スルタンに出頭を命じられたサバタイは、〔ユダヤ教を〕棄教し、イスラーム教徒となる。かれの信者は数多く、なかにはトルコ人さえいた。信者たちによるなら、メシアは徹底的に高潔な世界か、さもなくば徹底的に犯罪的な世界にしか登場しえない。棄教は最悪の犯罪であるがゆえに、「メシアの到来を早めるために棄教しようではないか[★29]」。

　あなたは男ではありません、私があなたを男にしてさしあげます……。マゾッホの小説にたえずあらわれるこの主題は、なにを意味するのか。「男になる」とはなにを意味するのか。それは決して父のように振舞うことでも、その地位を占めることでもないのはあきらかである。それは逆に、父の地位と父との類似を除去することで、新しい人間〔男〕を誕生させることなのだ。責め苦はまさに父に対して、もしくは息子のうちなる父の似姿に対して行使される。すでに述べたように、マゾヒズムの幻想とは「子どもが叩かれる」ではなく、父が叩かれるなのだ。だからこそマゾッホの多くの中篇で、コミューンの女性によって率いられる農民の叛乱のさなかに、責め苦を受けるのは主人なのである。かのじょは主人を牛と並べて犂に繋いだり、小さな腰掛け代わりにする（『テオドラ』、『人間椅子』）。責め苦が主人公自身、息子や恋する男性、子どもを対象とするとき、叩かれているもの、放棄され供犠に供されるもの、儀式的に贖われるものとは、父との類似であり、父から受け継いだ性器的なセクシュアリティなのだと結論せねばなるまい。父がミニチュア化されていても、やはり父であることに変わりはない。これこそが「《棄教》」なのだ。男になるとはつまり、女性のみから誕生しなおすこと、第二の生誕の対象であることを意味する。それゆえ去勢、それに去勢をあらわす「中断される愛」は、近親姦の障碍や近親姦への処罰であることをやめ、母との近親姦的な結合を可能にする条件となるのであり、このとき母は自律的で、単為生殖的な第二の生誕と同一化されるのだ。マゾヒストが同時に演じるのは三つの否認過程である。すなわち、母を讃美し、再生誕にふさわしいファルスを母に与える過程。この第二の生誕のなかで、いかなる場所も占めない父を排除する過程。性的な快じたいを対象とし、それを中断し、その生殖能力を廃棄することで、性的な快を再生誕の快につくりかえる過程。カインからキリストにかけて、マゾッホが表現するのは、かれの全作品の最終目的にほかならない。すなわち、キリストである。とはいえ神の子ではなく、新しい《人間》であり、父との類似の廃棄であり、「性愛もなく、財産もなく、祖国もなく、口論もせず、労働もせず、十字架にかけられた《人間》……★30」である。

我々には、マゾヒズムの素材的な定義を与えるのは、不可能であるようにおもわれた。それはつまり、快と苦の官能的な結合が、形式的な条件を必要とするからであり、サディズムとマゾヒズムそのものを筆頭にすべてを混ぜあわせてしまうのでないかぎり、この形式的な条件を無視することなどできないからである。だが、罪責感情によるマゾヒズムの道徳的な定義も満足しうるものではない。とはいえ罪責感と贖罪は、実際に、マゾヒストが徹底的に生きるものだ（快－苦の一種の結合と同様に）。ここでも重要なのは、罪責感がいかなる形式のもとで生きられるかを知ることにある。ある感情の深さが、その感情の用法や、その感情が挿し込まれるパロディによって妨害されることはない。精神分析が、マゾヒストは父にかんする罪責感を生きているのだとするとき（たとえばライクはこう述べる——「処罰は父に由来する。それゆえ犯罪は父に対して行われねばならなかったはずだ……」◆52）、恣意的な病因論が全面的にもちいられているのはあきらかであり、その意味するところは、サディズムから出発してマゾヒズムを産出しようという決意でしかない。マゾヒストはもっとも深い罪責感を生きている。だが、その罪はまったく父に対して生きられるわけではなく、反対に、父との類似こそが罪として、贖罪の対象として生きられるのだ。それゆえマゾヒズムにおける罪責感は、このうえなく深いものであると同時に、このうえなく嘲笑的なもの、このうえなく巧みに「裏をかくもの」でもある。罪責感とは、マゾヒストの勝利の構成要素なのである。それはマゾヒストを自由にする。それはユーモアと一体化するのだ。ライクにしたがって、処罰が罪責感の不安を解消し、そうして禁じられた快を可能にするというだけでは充分ではない。なぜなら強い罪責感それじたい、激しい処罰と同じくユーモアに満ちたものだからだ。有罪なのは息子のうちなる父であって、父に対する息子ではない。素材的なマゾヒズムは感覚の所与として呈示され、道徳的なマゾヒズムは感情の所与として呈示される。だが、感覚と感情の彼岸でマゾヒストが語るのは、おのれを活気づけてくれる超人格的な要素としての、あるひとつの物語である。いかにして口唇的な母が勝利をおさめるか、いかにして父との類似が廃棄されるか、いかにしてそこから新しい《人間》が生まれてくるのかを描くこの物語が、マゾヒストを駆り立てている。むろんマゾヒストは、この物語を書きあげるために、じぶんの身体と魂を活用する。だがこの意味で、肉体的で官能的で素材的なあらゆるマゾヒズム以前に、形式的なマゾヒズムが存在しているのであり、道徳的で感情的なあらゆるマゾヒズム以前に、劇《ドラマ》的なマゾヒズムが存在しているのである。そういうわけで、感情がもっとも深いところで生きられ、感覚と苦痛がもっとも苛烈に感じられる瞬間にあってさえ、演劇的な印象が生まれるのだ。

法の媒介によって、契約から神話へと向かうこと。契約から法が生まれるが、しかしこの法が私たちを儀式へと投げ込むのである。契約によって父の法の適用は、母の手にゆだねられることになる。それにしても、この転移がきわめて効果的にはたらくのだ。かくして法全体が変貌を遂げ、そうして、かつてそれが禁止するとみなされていたことを、いまや法自身が命令するようになる。罪責感は、かつてそれが贖わせるとみなされていた事柄を無罪潔白にする。処罰は、かつてそれが制裁するとみなされていた事柄にお墨付きを与える。法全体が母権的なものとなり、女性の三つのイメージのみが支配する無意識の領域へと我々を駆り立ててゆく。契約とは、マゾヒストの意志の個人的な証書《アクト》をあらわすものである。だが、契約とそのあとにつづく法への転身によって、マゾヒストはすでに述べた神話と儀式のなかで表現される、運命の非人称的な要素に合流するのだ。マゾヒストがある決まった瞬間に、ある限定された期間のあいだ、契約によって導入するのは、マゾヒズムの象徴秩序のなかに儀式というかたちで、いつの時代も一貫してふくまれていたものでもある。マゾヒストにとって、かれが閨房や衣裳部屋のなかで書きあげる近代的な契約は、沼沢や草原で演じられる古代の儀式と同じことを語っているのだ。マゾッホの小説はこれらふたつの物語を映しだしており、その同一性を、このうえなく現代的なものとこのうえなく古代的なもののなかで展開してみせるのである。

精神分析

フロイトには、サド゠マゾヒズムのふたつの概念が順を追ってあらわれる。一方は性本能と自我本能の二元性にかかわるものであり、他方は生の本能と死の本能の二元性にかかわるものである。このいずれも一種のサド゠マゾヒズムという実体を規定し、この実体のなかで一方の要素から他方の要素への移行を保証しようとするものだ。私たちが問わねばならないのは、どの程度までこのふたつの概念が実在的に異なるものなのかという点であり、どの程度までこれらふたつの概念がフロイト的な「変形論」を前提しているかという点であり、最後にどの程度まで本能の二元性の仮説が、このふたつの場合において変形論を制限するのかということである。

第一の解釈によれば、マゾヒズムは反転によってサディズムから派生するものとして呈示される。あらゆる本能は攻撃的な構成要素をふくむが、この構成要素は本能じたいの目的を実現するのに必要不可欠なものであり、対象へと差し向けられるものだ。性本能の攻撃性こそがサディズムの源泉にあるというのである。だがその発展のさなかに、この攻撃性が反転し、自我じたいに向かうよう決定されることがある。この反転を規定する因子には、基本的に二種類ある。すなわち、父と母に対する二重の攻撃性が自我に向かって反転するのであり、それは「愛の喪失の不安」の影響か、罪責感情（超自我の創設と関連する）の影響によるものだ。反転のこのふたつの点をみごとに区別したのは、とりわけB・グランベルジェであり、一方は前性器的な源泉を、他方はエディプス的な源泉を有している。[★31] だがいずれの場合も、父のイメージと母のイメージの果たす役割は、不均衡なものであるようにおもわれる。なぜなら、母に対して犯すものであれ、罪は必然的に父にかかわるものだからである。ペニスを所有するのも父であり、子どもが去勢し殺害したがる相手も父であり、処罰を意のままに行うのも父であり、反転によって鎮静化されねばならないのも父である。いずれの場合にせよ、父のイメージが軸となるようにおもわれる。

だがマゾヒズムは、たんに自我に向かって反転したサディズムとして定義されるわけではない、ということを示す多種多様な理由がすでに介入してきている。第一の理由は次のとおりである――反転はリビドー的な攻撃性の脱性化を、すなわち本来の性目標の断念を必然的にともなう。フロイトは超自我すなわち道徳的意識の形成が、エディプスに対する勝利が、このコンプレクスの脱性化を前提とするという点を、入念に示すことになるだろう。この意味で、反転したサディズムの可能性、すなわち、サディズムをともないつつ自我に対して敵対的なしかたで行使される超自我の可能性が理解されることになるが、だからといって、〔この時点で〕自我のマゾヒズムそのものが存在するわけではない。エディプスの再活性化がなければ、道徳的意識の「再性化」がなければ、マゾヒズムは存在しない。マゾヒズムを特徴づけるのは罪責感情ではなく、罰せられたいという欲望である。処罰が、罪責感とそれに対応する不安を解消し、性的な快の可能性を切りひらく。それゆえマゾヒズムは反転というよりむしろ、反転したものの再性化によって定義されるのである。

第二の理由は次のとおりである――マゾヒズムに固有の「性源性」を、マゾヒズムの性化からさらに区別しなければならない。なぜなら私たちは、処罰の到来によって罪責感情を解消させたり満足させたりすると考えうるが、しかしそれが生みだすのは前駆的な快、道徳的な類いの快にすぎず、それはただ性的な快を準備するか、それを可能にするだけだからだ。処罰の肉体的な苦痛と結合する性的な快は、どのようにして現実に到来するのだろうか。これはつまり、性化は、マゾヒズム的な性源性なしには決して成功しないと述べるに等しい。マゾヒストによって経験される苦痛と性的な快のあいだの繫がりという、素材的な基盤が存在しなければならないのだ。フロイトは「リビドーの共興奮」という仮説を援用したが、この仮説によれば、一定の量的限界を超える過程と興奮がエロス化されるのであった。この仮説は、還元しえないマゾヒズム的基底が存在することを認めるものだ。だからこそ、フロイトは第一の解釈の時点ですでに、マゾヒズムとは反転したサディズムであると述べるだけでは満足しないのだ。フロイトが同じく主張するところによれば、サディズムとは投射されたマゾヒズムである。なぜならサディストが、他者に科す苦痛によって快を味わうことができるのは、サディスト自身がみずから、苦－快の繫がりを「マゾヒズム的に」生きたことがある場合にかぎられるからだ。それにもかかわらず、フロイトはサディズムの優位を主張しつづけるのだが、しかし以下のものを区別している。すなわち、1．純粋攻撃性のサディズム、2．このサディズムの反転、3．マゾヒズムの経験、4．快楽主義的なサディズム、である。だが、あいだに差し挟まれるマゾヒズムの経験が、攻撃性の反転を前提しているという主張がたとえ維持されるにしても、この反転は〔苦－快の〕繫がりの経験を発見するための条件にすぎず、この繋がりそのものを構成するわけではまったくない。この繋がりは逆に、マゾヒズム特有の深淵を証言している。★32

第三の理由は次のとおりである――自我へ向かう反転は、強迫神経症に見られるような再帰的段階を厳密に定義するだろう（「私はじぶんを罰する」）。だがマゾヒズムは受動的な段階、すなわち、人が私を罰する、人が私を叩く……をふくんでいる。それゆえマゾヒズム固有の投射があるのであり、それによるなら、外的な人物が主体の役割を引き受けるのでなければならない。おそらくこの第三の理由が、特異なしかたで第一の理由と結びつく。すなわち、再性化は投射と不可分なのだ（逆に再帰的段階が示しているのは、脱性化されたままのサディスト的超自我である）。まさしくこの投射の水準において、精神分析は母のイメージが果たすうわべ上の役割を説明しようとする。マゾヒストにおいて重要なのは、父に対して犯した罪がもたらす帰結から逃げることであろう。このとき、フロイトのいうように、マゾヒストは母に同一化し、おのれの身を性的な対象として父に差しだそうとする。だがそこに、まさにじぶんが逃げようとしていた去勢の危険を見いだすとき、マゾヒストは「叩かれること」を選び、それでもって「去勢されること」を追い祓うと同時に、

「愛されること」の退行的な代替物とするのである。このとき同性愛という選択肢の抑圧によって、叩く人物の役割を、母が引き受けることになるだろう。あるいは別の場合には、マゾヒストは母に罪を転嫁する（「父を去勢したがっているのは、私ではなく母なのだ」）。そしてマゾヒストはこの状況を利用して、投射にみせかけながらこの悪しき母に同一化し、まんまとペニスを所有するに到るか（倒錯としてのマゾヒズム）、それとも逆に、この同一化に失敗しつつも、投射を維持することで、じぶん自身を犠牲者に見せるかである（道徳的なマゾヒズム――「父ではなく、私が去勢されたのだ」）[★33]。

これらすべての理由のせいで、「反転したサディズム」という定式は不充分なものである。そこに、三つの別の規定をつけくわえねばなるまい。すなわち、1．再性化されたサディズム、2．新たな基盤のうえで再性化されたサディズム（性源性）、3．投射されたサディズム、である。これら特殊な規定は、フロイトがその最初の解釈以来、マゾヒズムのなかに区別する三つの側面に対応するものだ。すなわち、基盤としての性源的な側面であり、きわめて複雑なしかたで女性への投射と女性との同一化を同時に説明するはずの受動的な側面であり、再性化の過程がすでに属している道徳的側面、ないしは罪責感にかかわる側面である。[34] だがすべての問題は、反転の主題につけくわえられるこれらの規定が、この反転を確固たるものとするのか、それとも逆に、この反転に制限をかけるのかを知ることにかかっている。たとえばライクは、サディズムからマゾヒズムが派生するという考えを、全面的に維持しつづける。だが、かれは以下のように追記する。マゾヒズムは「当初のサディズム的な本能が遭遇する拒絶から生まれ、現実になり代わるサディズム的で、攻撃的で、警戒心の強い空想によって発展する。自我への反転によって、マゾヒズムがサディズムから直接派生すると考えているかぎり、マゾヒズムを理解することなどできない。精神分析家や性科学者がいくら反論しようとも、マゾヒズムの生誕の地は空想にあるという主張を変えるつもりはない」[35]。ライクがいわんとしているのはつまり、マゾヒストは、おのれのサディズムの行使を断念したということであり、それをじぶん自身に向けて反転させることさえ断念したということである。マゾヒストはむしろ、幻想のなかでサディズムを中性化し、行動を夢へと置き換えたのだ。だからこそ幻想が本源的な性格を帯びるのである。そしてマゾヒストは、この条件のもとではじめて、暴力をじぶん自身に向けて行使したり、行使させたりするのだが、その暴力はもはやサディズム的といいうるものではない。なぜならこの暴力はかくなる宙吊りを原理とするからだ。問題のすべては、〔サディズムからのマゾヒズムの〕派生が直接的なものであることをやめ、単純素朴な反転の仮説に反するものとなったとき、それでもなお派生の原理を主張することが可能なのかどうかを知ることにかかってくる。

フロイトは、質的に区別される欲動や本能のあいだに、直接的な変形は存在しないという主張を堅持する。すなわち本能の質的な二元性が、一方の本能から他方の本能への移行を不可能にするのだ。これはすでに性本能や自我本能にも当てはまることである。おそらくサディズムとマゾヒズムはそれぞれ、あらゆる心的形成物と同様に、ふたつの本能のある種の結合物をあらわしている。だがまさに、一方の結合物から他方の結合物へと「移行」し、サディズムからマゾヒズムへと移行するのは、脱性化と再性化の過程によってはじめて成し遂げられることなのだ。マゾヒズムにおける幻想とは、この過程の場すなわち劇場なのである。問われているのは、一人の同じ主体が、サディズム的なセクシュアリティとマゾヒズム的なセクシュアリティに参加しうるのかを知ることである。というのも一方のセクシュアリティは、他方のセクシュアリティの脱性化を前提しているからだ。この脱性化とは、マゾヒストが生きる出来事なのだろうか（間接的にであれ、移行はどんな場合に起こるのか）、それとも逆に、マゾヒズムによって前提され、サディズムとのあらゆる交流を断ち切る構造的な条件なのだろうか。ふたつの物語が与えられるとき、両者を切り離す空白を埋め合わせることなら、いつだってできる。だがこの埋め合わせが、もとのふたつの物語と同じ次元の物語を形成することは断じてない。どうやら精神分析理論は、空白を埋め合わせることによって成立しているらしい。たとえばマゾヒズムにおいては、父のイメージが母のイメージの下で作用しつづけ、母のイメージの役割を規定するというやり口がまさにそれだ。こうした方法は、深刻な不具合を引き起こしてしまう。それは重要な事柄すべての場所をずらしてしまい、二次的な規定を本質的なものと取りちがえてしまうのである。たとえば、悪しき母という主題はたしかにマゾヒズムにあらわれるが、しかしそれは周縁的な現象にすぎず、中心を占めるのは善良な母である。マゾヒズムにおいては、善良な母こそがファルスを所有し、叩いて凌辱し、売春さえするのだ。悪しき母を舞台の前景に据えてしまうなら、父との繋がりを結びなおし、この繋がりをたどってサディズムからマゾヒズムへ向かう可能性を、安易に手にすることになる——だが、善良な母は逆に「空白」を、すなわち象徴秩序における父の無化をふくんでいるのである。別の例を見てみよう。罪責感情はマゾヒズムにおいてきわめて重要な役割を担うが、その現象は目くらましにすぎず、すでに罪責感の「裏をかく」ユーモアの感情になっている。ここでの罪責感とは、父に対して子どもが抱くものではなく、父自身の罪責感であり、また、子どものうちにある父との類似の罪責感なのだ。ここにもまた、サディズムからマゾヒズムを派生させようとする際に、性急に埋め合わされてしまう「空白」がある。なにが間違っているかといえば、マゾヒズムの観点からするなら、すでになされていること、なされたことが前提となっていることを、いままさになされつつあるかの如く呈示してしまっているという点なのだ。「マゾヒスト的に」生きられる罪責感とは、すでに裏をかかれた、まがいものの、これみよがしの罪責感だけであり、父は象徴的に無化されたものとしてしか経験されない。マゾヒズムとサディズムを分離しておく空白を埋めようとするせいで、たんに理論ばかりでなく、実践や治療にもかかわるありとあらゆる錯誤に陥る羽目になってしまう。だからこそマゾヒズムは、性源的ないし官能的なものとしても（苦－快）、道徳的ないし感情的なものとしても（罪責感－処罰）、定義されえないと私たちは述べてきたのだ。いずれの場合であれ、あらゆる変形に対応しうる素材が与えられてしまう。マゾヒズムとは、なによりまず形式的で、劇《ドラマ》的なものである。つまりマゾヒズムは、特殊な形式主義をとおしてはじめて苦痛と快との結合に到達するのであり、特殊な物語をとおしてはじめて罪責感を生きるのだ。病理学の領域では、「空白」が一つひとつの障害に属している。この空白が画定する構造を理解することによって、そしてとくにこの空白を埋めてしまわぬよう用心することによって、変形論の幻想を回避し、障害の分析を前進させうるようになるのだ。

サド＝マゾヒズムの一体性と両者の交流をめぐるこうした疑念は、フロイトの第二の解釈を検討するとき、いっそう高まることになる。質的な二元性は、生の本能と死の本能の二元性となり、《エロス》と《タナトス》となった。純粋原理として死の本能が、そのまま所与として与えられうるわけではない。所与として与えられるのは、与えうるのは、ふたつの本能の欲動的結合物だけである。だがまさに、《エロス》が、外部へと向かう死の本能の派生を保証するのか（サディズム）、それとも、死の本能の痕跡、その内的な残滓に備給するのか（マゾヒズム）に応じて、死の本能はふたつの分化した異なる形象のもとであらわれる。こうして性源的マゾヒズムが肯定されることになるが、それは「一次的」なものであって、サディズムから派生したものではないだろう。たしかにそののち、サディズムが反転し、(受動的で道徳的な) マゾヒズムの別の側面を産出するという、先述の過程を我々は発見することになる。だが、私たちはいっそうはっきりとしたかたちで、先の疑念をふたたび見いだすことにもなろう。なぜなら、私たちがサディズムからマゾヒズムへ移行するのは、同時に脱性化と再性化をふくむ過程によってのみであるというばかりでなく、それぞれの形象が本能同士の結合と同時に、それらの「分離」をもふくんでいるようにおもわれるからだ。というのも、サディズムであれマゾヒズムであれ、その双方がいずれも前提しているのは、一定量のリビドー・エネルギーが中性化され、脱性化され、位置をずらされ、タナトスに奉仕させられることだからである (したがってある本能から別の本能への直接的な変形ではなく、「エネルギー負荷の変位」がある)。まさしくこの現象を、フロイトは分離と名づけている。そしてかれは分離の根本的なふたつの点を指し示す。すなわちナルシシズムと、超自我形成である。ところで問題のすべては、この分離の本性のうちに、そしてこの分離が諸本能の結合（混合）と和解するそのしかたのうちにある。すべてがふたつの本能の結合でありながら、同時に、いたるところに分離があるのだ。

死の本能とはなにか

フロイトのあらゆるテクストのなかでも、傑作『快原理の彼岸』はおそらく、フロイトが類いまれな才能を発揮して、もっとも直接的に、まさしく哲学的な省察に踏みこんだテクストである。哲学的な省察は「超越論的」と呼ばれねばならないが、この名が指し示すのは諸原理にかかわる問題を考察する或るしかたのことである。というのもすぐあきらかになるように、「彼岸」によって、フロイトは快原理の例外を理解しているわけではまったくないからだ。かれはありとあらゆる見せかけの例外に言及する。たとえば、現実が強いる不快や迂回であり、私たち自身の一部にとっての快を別の部分にとっての不快に変える葛藤であり、不快な出来事を再現することでそれを支配しようとするはたらきである。さらには機能障害や転移現象もあり、それによって、絶対的に不快な出来事（私たち自身の全部分にとって不快なもの）が執拗に再現されることになる。これらの例外はすべて、うわべだけのものとして引用されており、実際には快原理と和解しうるものにすぎない。つまり、快原理に例外はないが、快じたいの特異な錯綜が存在するのだ。問題がはじまるのはまさしくここである。なぜなら、一切のものが快原理と矛盾せず、すべてが快原理と和解するにしても、快原理の適用を錯綜させるこれらの要素や過程を、快原理自身が説明するわけではないからだ。すべてが快原理の法的圏域に帰着するにしても、それはすべてが快原理から生まれることを意味しない。そして現実の要請も、およそ幻想を源泉とするこうした錯綜を充分説明できない。それゆえ、快原理はあらゆるもののうえに君臨するが、あらゆるものを統治するわけではない、といわねばならない。原理に例外はないが、原理には還元しえない残滓が存在する。原理に反するものはなにもないが、原理に対して外在的で、異質ななにかが存在する——すなわち、ある彼岸……。

　哲学的省察の必要性がここで明瞭となる。なによりまず原理と呼ばれるのは、ある一領域を司るものであり、このとき問われているのは経験的な原理や法である。つまり、快原理は《エス》のなかの心的な生を司る（例外はない）。だが当の領域を原理にしたがわせるものがなにかを知ることは、まったく別の問いである。その領域が必然的に、経験的原理にしたがうようになるという事態を説明する別種の原理、第二段階の原理が必要なのだ。この別の原理こそ、超越論的なものと呼ばれるものにほかならない。快が原理たりうるのは、それが心的な生を司るかぎりのことである。だが、心的な生を快原理の経験的な支配にしたがわせる最高次の審級とはいかなるものか。哲学者ヒュームがすでに指摘していたように、心的な生のうちには快もあれば苦もあるのだが、快や苦の観念をいくらひっくりかえしてみても、快を求め、苦から逃げるという原理の形式をそこから引きだすことはできないだろう。フロイトも同様のことを述べている。心的な生のうちには当然ながら快や苦があるが、しかしあちらでもこちらでも快や苦は、自由で、分散し、漂流し、「拘束されない」状態にある。一貫して快が探究され、苦が回避されるものとなるように原理が組織されること、これこそ高次の説明を要求するものなのだ。つまり、少なくとも快では説明のつかないなにか、快にとって外在的なものでありつづけるなにかが存在する。それは心的な生のなかで、快が帯びるよう決定される原理としての価値である。いかなる高次の拘束が、快を原理に仕立てあげ、快に原理としての地位を与え、心的な生を快にしたがわせるのだろうか。フロイトの提起する問題は、しばしばフロイトに帰せられる問題とは正反対のものだといえるだろう。なぜなら、重要なのは快原理の例外ではなく、この原理の土台だからである。重要なのは超越論的原理の発見なのだ。「思弁」の問題、こうフロイトは明記する。

フロイトの回答は次のようなものだ。すなわち、興奮の拘束のみが、興奮を快へと「解消しうる」ようにする、それのみが興奮の放出を可能にする。拘束の作業がなくとも、おそらく放出や快は存在するだろうが、しかし分散し、行きあたりばったりの偶然にまかされ、体系的な価値をもたないだろう。拘束こそが、原理としての快を可能にする。すなわち、快原理を根拠づけるのである。こうして、興奮じたいのエネルギー的拘束と諸細胞の生物学的拘束という、拘束の二重の形象のもとで、《エロス》が根拠として発見されることになる（エネルギー的拘束が、生物学的拘束によってのみ行われる、あるいは生物学的拘束のうちに殊に有利な条件を見いだすということもありうるだろう）。そして《エロス》を構成するこの拘束を、私たちは「反復」として規定しうるし、そうしなければならない。すなわち興奮と連関する反復であり、生の瞬間の反復、あるいは単細胞生物にすら必要な結合の反復である。

超越論的探究の特性は、好きなときにやめることができないという点にある。根拠を規定するにあたって、さらなる彼岸へと、根拠が出現してくる無底のなかへと、急き立てられずにいることなどどうしてできよう。「反復というおそるべき力」とムージルはいう、「おそるべき神性！　壁の傾いた漏斗状の渦巻きの底深くに、次第に引き込んでゆく真空の魅惑……。だがついに気づくのだ。それは果てなき堕落の世界にすぎず、反復はあなたを連れてその無数の段階をただよいながら下降してゆくのだと」[★36]。どうして反復は、同時性を演じながら（興奮と同時に、生と同時に）、別のリズムと別の遊戯のなかで、以前を演じずにいられようか（興奮しえないものの無関心を興奮が断ち切りにやってくる以前に、生命をもたぬもののまどろみを生が断ち切りにやってくる以前に）。同じ力能が興奮を否定しようとするのでなければ、どうして興奮が拘束され、それによって「解消」されることがあろうか。《エロス》の彼方に、《タナトス》がある。基底の彼方に、無底がある。絆としての反復の彼方に、消しゴムとしての反復があるのであり、それは消去し殺害する反復なのだ。こうしてフロイトのテクストの錯綜が生まれる。あるテクストが示唆するのは、反復とはおそらく、あるときは悪魔的で、あるときは救済的なたったひとつの同じ力能であり、それが《タナトス》と《エロス》として行使されるということである。別のテクストは、この仮説を斥けながら、《エロス》と《タナトス》のもっとも純粋な質的二元論を、徐々に拡大されてゆく諸単位の結合、構成と、破壊とのあいだの本性の差異として、決定的なしかたで主張する。最後にさらに別のテクストは、この質的な差異はおそらくリズムと振幅の差異によって、到達点の差異（生の起源には、あるいは起源以前には……）によって支えられていると示唆する。フロイトがこれらの天才的なテクストで構想した反復とは、それじたい時間の綜合であり、時間の「超越論的」な綜合であると理解しなければならない。反復とは同時に以前、中間、以後の反復なのである。反復は時間のなかで、過去、現在そして未来さえも構成する。現在、過去、未来が時間のなかで構成されるのは同時なのである――たとえそれらのあいだに質的な差異や本性の差異が存在しているにしても、たとえ過去が現在のあとをつぎ、現在が未来のあとをつぐにしても。ここから生まれるのが、一元論、本性の二元論、リズムの差異という三つの側面である。そして未来や以後を、反復のほかのふたつの構造――以前と中間――に接合しうるということはつまり、相関するこれらふたつの構造は、時間の綜合を構成するとき、かならずやこの時間のなかに未来をひらき、未来を可能にするということだ。拘束し現在を構成する反復と、消しゴムで消去し過去を構成する反復に対して、このふたつの反復の結合に応じて接合されるのが、救済する反復……あるいは救済しない反復なのである（漸進的な反復としての転移の決定的な役割はここから生じる。それは解放し救済するか、あるいは失敗する反覆なのである）。

経験に戻ることにしよう。基底と無底においては快原理に先行する反復が、いまや転倒され、快原理に従属するものとして経験される（以前に獲得した快やこれから獲得すべき快との関係で反復が行われる）。超越論的探究の帰結とは、《エロス》は経験的な快原理の創設を可能にするが、しかし、つねにそして必然的に、《タナトス》をおのれとともに引き連れていくという点にある。《エロス》も、《タナトス》も、所与として与えられ、経験されることはありえない。経験のなかで所与として与えられるのは、両者の結合物のみである――《エロス》の役割とは、《タナトス》のエネルギーを拘束し、この結合物を《エス》のなかで快原理に従属させることである。だからこそ《エロス》は、《タナトス》と同様、所与として与えられないにもかかわらず、少なくともその騒音を響かせ、作用を及ぼすのだ。だが《タナトス》、すなわち、《エロス》にかつがれて表層に運ばれてくる無底は、本質的に沈黙しており、それだけいっそうおそろしいものとなる。だからこそ、この沈黙する超越的審級を指し示すために、フランス語の「本能（instinct）」、死の本能という語をとっておく必要があるようにおもわれたのである。欲動、つまりエロスの欲動と破壊の欲動についていうなら、それが指し示すのは、所与として与えられる結合物の構成要素だけにとどめておかねばならない。すなわち、所与のうちでの《エロス》と《タナトス》の代理物であり、《エス》のなかでつねに混淆する《エロス》の直接的代理物と《タナトス》の間接的代理物である。《タナトス》は存在する。だが無意識に「否《ノン》」はない。なぜならそこでの破壊は、つねに構築の裏面として与えられるからであり、《エロス》の欲動と必然的に結合する欲動の状態にあるからである。

だとするなら、欲動の分離とはなにを意味するのか。それはこう尋ねるに等しい。すなわち、もはや《エス》ではなく、自我、超自我、それらの相補性を考察するとき、欲動同士の結合はいったいどうなるのか。フロイトが示したのは、どうしてナルシス的自我の構成と超自我の形成が、いずれも「脱性化」の現象をはらんでいるのかという点であった。すなわち、一定量のリビドー（《エロス》のエネルギー）が中性化され、中性的で、無関心で、変位可能なものになるのである。ふたつの事例における脱性化は、きわめて異質なものであるようにおもわれる。一方の場合、脱性化は理想化の過程と一体をなす。おそらくこの理想化の過程が、自我のうちに想像力の力を構成するだろう。他方の場合、脱性化は同一化の過程と一体をなす。おそらくこの同一化の過程が、超自我のうちに思考の力能を構成するだろう。だが、経験的な快原理との関係でいうなら、脱性化全般にはふたつの効果がありうる。すなわち、脱性化が原理の適用に機能障害を導入するか、それとも、快を乗り越える欲動の昇華を後押しすることで、別の次元の満足に向かうかである。いずれにせよ、分離を理解するに際して、あたかも快原理が反駁されるかのように、あたかも純粋状態の《エロス》や《タナトス》の顕出のために、快原理に従属する結合物が解体されるかのようにみなすのは誤りであろう。分離が意味するのは、自我や超自我と連関しつつ、結合物のうちで変位可能なエネルギーが形成されるということだけなのである。快原理の適用を押しすすめる任務を負った機能が、どれほど深刻な障害にみまわれようとも、快原理はまったく廃位されない（この意味でフロイトは、たとえ夢の機能が深刻な攪乱を蒙る外傷性神経症の場合であっても、欲望実現という夢の原理を堅持しうるのである）。ましてや現実が快原理に課す断念や、昇華が快原理に開示する精神的拡張によって、快原理が転倒されることはない。決して《タナトス》は所与として与えられず、決してそれは語らない。どんなときであれ、生は経験的な快原理とそれに従属する結合物によって満たされている――たとえ、結合の方式が特異なしかたで変異するにしても。

ところで、神経症の機能障害や昇華の精神的拡張とは別の解決策が、さらに存在するのではないか。もはや自我と超自我の機能的な相補性ではなく、それらの構造的な分断に結びつく道があるのではないか。これこそまさに、フロイトが倒錯という名で指し示しながら示唆する道ではないか。倒錯は次のような現象を示すようにおもわれる。倒錯においては、脱性化が神経症や昇華よりも明瞭に生みだされ、比類なき冷淡さで作動するが、しかし再性化をともなっている。そしてこの再性化はいささかも脱性化を打ち消すものではなく、むしろ機能障害からも昇華からも同じく異質な、新たな基盤のうえで作動するのだ。あたかも脱性化されたものが、そのまま新たなしかたで再性化されるかのようにすべてが進行する。この意味で、冷淡さ、冷酷さとは倒錯構造の本質的な要素なのだ。私たちはこの要素をサディズムの無感動にも、マゾヒズムの冷淡さの理想にも見いだしている。それは無感動のなかで「理論化され」、理想のなかで「幻想化される」。そして脱性化の冷淡さがいっそう強度的なものであるほどに、倒錯的な再性化の力能もいっそう強力で、拡張したものとなる。それゆえ、倒錯がたんなる統合の不在によって定義されうるとはおもえない。サドが示すのは、政治的な野望であれ、経済的な貪欲さ等々であれ、どんな情念も「淫欲」と無縁ではないということだ。とはいえ淫欲が、こうした野望や貪欲さの原理に属するということではなく、むしろ逆に、淫欲がこれらの再性化をその場で行うものとして、最後に姿をあらわすからなのだ（こうしてジュリエットは、サディズムの投射力にかんして忠告しながら、こう語りはじめていた。「まる二週間、遊蕩にかかわらずお過ごしなさい、気を紛らわせて、ほかのことでおたのしみあれ……」）。マゾヒズムの冷淡さはまったく別種のものであるとはいえ、そこに見いだされるのは、その場での再性化の条件としての脱性化の過程であり、この再性化のおかげで、人間のあらゆる情念、金銭、所有、国家にかかわる情念が、マゾヒズムの利益のために変身しうるものとなるだろう。そして、まさしくここにこそ本質的な点がある。すなわち再性化が、一種の跳躍として、その場でなされるのである。

ここでも、快原理が廃位されるわけではない。快原理は、その経験的な権力すべてを堅持している。サディストは他人の苦痛に快を見いだし、マゾヒストはおのれ自身の苦痛に快を見いだす。この苦痛は、それがなければマゾヒストが快を獲得できなくなるような、条件の役割を果たしている。ニーチェは、苦痛の意味にかんするきわめて精神主義的な問題を提起した。そして尊敬に値する唯一の解答を差しだしたのだ。すなわち苦痛にも、苦しみにさえも意味があるとするなら、その苦痛はだれかに快をもたらしているのでなければならない。この理路をとるなら、可能な仮説は三つしかない。まず、規範的で道徳的で崇高な仮説がある——私たちの苦しみは、私たちを観照し監視する神々に快をもたらす。そしてふたつの倒錯的な仮説がある——苦しみはそれを科す者に快をもたらすか、それを蒙る者に快をもたらす。あきらかに規範的な解答が、三つのなかでもっとも型破り《ファンタスティック》で、もっとも精神病的なものである。だが、倒錯構造においてもほかのところでも、快原理がその権力を維持する以上、快原理に従属する混合物の定式のいったいどこが変わったのだろうか。その場での跳躍とはいったいなにを意味するのか。反覆機能の特殊な役割は、マゾヒズムにおいてもサディズムにおいても、先述のように顕著なものであった。すなわち、サディズムの量的な累積と性急さであり、マゾヒズムの質的な宙吊りと凝固である。この意味からすると、倒錯の顕在内容は、もっとも深いものを覆い隠してしまいかねない。サディズムと苦痛とのあきらかな繋がり、マゾヒズムと苦痛とのあきらかな繋がりは、実際、この反覆機能に従属している。サドによると、悪は猛り狂う諸分子の恒久運動と一体のものとして定義される。クレールウィルが犯罪を夢見るのは、犯罪が恒久的な効果をもち、反復をあらゆる軛から解放するかぎりのことである。またサン゠フォンの体系において、科される苦痛が価値を帯びるのは、たえまなき邪悪な諸分子の戯れによって、苦痛が無限に再生産されるかぎりにおいてのことである。すでに見たように、別の条件のもとにあるマゾヒストの苦痛は、期待゠待機に、期待゠待機のなかでの繰り返しと反覆の機能に、絶対的に従属している。ここに本質的な点がある。苦痛は、その使用法を条件づける反復形式との関係ではじめてその価値を獲得するのだ。サドの単調さについて書きながらクロソウスキーが指摘したのは、まさしくこの点である。「肉体的な行為のうちに侵犯が存在するのは、肉体的な行為が精神的な出来事として生きられるときのみである。だがその対象をつかまえるには、肉体的な出来事を繰り返し描写することで、この出来事を探究し再現しなければならない。肉体的な行為のこの反覆的描写は、侵犯を説明するにとどまらず、この描写じたいが言語による言語の侵犯なのである」――またクロソウスキーは、むしろマゾヒズムの側で、凝固した情景にあらわれる反復の役割について示唆しながら、こう書いている。「たえず反覆される人生は転落のさなかに把握される、まるで息をのむ一瞬のうちに人生の根源が理解されるように……[★37]」。

だが、こうした成果は失望を招くものにすぎず、反復は快をもたらすという観念に還元されてしまうようにおもわれる……。しかし二度反復サレルモノには、どれほどの神秘があることか。サディズムとマゾヒズムのタムタムの響きの奥底には、おそるべき力能としての反復がひそんでいる。変化したのは、反復‐快の関係である。獲得された快や獲得されるべき快をめざす振舞いとして反復を生きるのでもなければ、ふたたび見いだすべき快やこれから獲得されるべき快の観念から反復に命令が下されるのでもなく、いまや反復は鎖から解き放たれ、先行するすべての快から独立するものとなった。理念となり、理想となったのは反復のほうなのである。そして快のほうが、反復に対する振舞いとなった。すなわち、いまや快のほうこそが、独立するおそるべき力能としての反復に随伴し、つきしたがうのである。つまり、快と反復が役割を交換したのだ。これこそまさに、その場での跳躍の効果、すなわち脱性化と再性化という二重の過程の効果である。脱性化と再性化のあいだで、死の本能が語ろうとしているといわれるにちがいない。だが跳躍はその場で、まるで一瞬の刹那の如くになされるがゆえに、言葉を手元に残しておくのはいつも快原理のほうなのだ。倒錯者の神秘主義が存在する。すなわち倒錯者は、多くを断念するほどに、より多くのものをいっそう巧みに再発見することになるのだ。ちょうど暗黒神学において、快が意志の動機であることをやめ、本質的に放棄され、否認され、「断念」されるのは、むしろ快を報酬や成果として、法として、より巧みに再発見するためであるようなものだ。倒錯的な神秘主義の定式とは、冷淡さと快適さなのである（脱性化の冷淡さと、再性化の安逸は、サドの作中人物においてあまりに顕著である）。サディズムとマゾヒズムにおける苦痛への投錨は、実際のところ、それじたいとして考察されるかぎり理解されることはない。そこでの苦痛は性的な意味を一切もたず、むしろ逆に、反復を自律的なものに変え、再性化の快をその場で反復に従属させる脱性化をあらわしている。《エロス》は脱性化され、痛めつけられるが、それは《タナトス》をよりよく再性化するためなのだ。サディズムとマゾヒズムのうちには、苦痛と快の神秘的な繋がりなど存在しない。神秘はほかのところにある。神秘は、快と対立するものに反復を接合する脱性化の過程のなかにあり、次いで、あたかも反復の快が苦痛に由来するかのような構図を生みだす再性化の過程のなかにある。サディズムにおいてもマゾヒズムにおいても、苦痛との関係は一個の効果なのである。

サディズムの超自我とマゾヒズムの自我

サディズムを出発点として、マゾヒズムの精神分析的発生を考察しようとするとき（この観点からすれば、フロイトによるふたつの解釈に大したちがいはない。なぜなら第一の解釈が、還元しえないマゾヒズム的基底の存在をすでに認めている一方で、第二の解釈のほうは、一次的なマゾヒズムの存在を指摘しようとも、マゾヒズムの完全な性格はサディズムの反転によってはじめて獲得されるという主張を堅持するからである）、サディストには特異なしかたで超自我が欠けており、マゾヒストは逆に、サディズムを反転させる貪欲な超自我に苦しんでいるかのような印象を受けるだろう。超自我とは異なる別の転回点をマゾヒズムに割りあてる別の諸解釈は、一方では〔このふたつの解釈の〕補完物として、他方では変異物としてみなすべきである。なぜならそれは相変わらず、サディズムの反転と、サド＝マゾヒズム的な実体という大局的な仮説を堅持しているからだ。いちばん単純なのはそれゆえ、超自我の審級のもとでの自我に対する攻撃性－反転という線を考究することであろう。マゾヒズムへの移行が成し遂げられるのは、攻撃性が超自我に転移することによってであり、この転移こそが、サディズムの自我への反転に着想を与えるというのだ。発生論的な観点からするなら、まさにそこにこそ、サディズムとマゾヒズムの一体性を支持する議論の本質がある。だがすでに、この線がどれほど「ねじ曲がり」、兆候を不完全にたどっていることだろうか。

マゾヒストの自我が破壊されるのはうわべだけのことにすぎない。みずからきわめて脆弱であると表明する自我の下に、なんたる嘲弄が、なんたるユーモアが、打ち負かしがたいなんたる叛逆が、なんたる勝利が隠されていることか。自我の脆弱性とは、マゾヒストの張る罠なのだ。それが女性を導き、女性にわりあてられる機能の理想的な点まで連れてゆくにちがいない。マゾヒストになにかが欠けているとするなら、それはむしろ超自我であって、自我では断じてない。叩く女性へのマゾヒストの投射のなかで、超自我が外在的な形態をまとうのはあきらかに、超自我がますます嘲弄的なものとなり、凱歌をあげる自我の目的に奉仕するようになるためなのだ。サディストについては、ほとんど逆のことがいえるだろう。すなわち、サディストは強力で圧倒的な超自我をもっており、サディストにはそれしかないのである。サディストは、あまりに強力な超自我をもつがゆえに、超自我と同一化してしまうのだ。サディストとはおのれ自身の超自我であって、外部にしか自我を見いださない。通常であれば、超自我を道徳化するのは、自我の内面性と補完性であり、この自我に対して超自我は手厳しい仕打ちを行う。また超自我を道徳化するのは、この補完性を庇護する母性的な構成要素でもある。だが超自我が解き放たれ猛威を振るうとき、超自我が自我を追放し、それとともに母のイメージをも追放するとき、超自我の根っからの不道徳性が、サディズムと呼ばれるもののなかでその姿をあらわすのである。サディズムの犠牲者とは、母と自我にほかならない。サディズムの自我は外部にしか存在しない。これこそサディズムの無感動の根本的な意味なのだ。サディズムには犠牲者の自我のほかに自我などない。超自我へと還元される怪物、おのれの全面的な残酷性を実現させる超自我、そして、おのれの力能を外へと逸脱させるやいなや、充足せるセクシュアリティを跳躍のうちに再発見する超自我。サディストには犠牲者の自我のほかに自我などない、という事実が説明するのは、サディズムのうわべの逆説、すなわちその偽のマゾヒズムである。リベルタンは、じぶんが他者に科す苦痛を、みずから蒙ることを好む。外へと向かう破壊の狂気は、外部の犠牲者たちとの同一化をともなうのである。これこそ、サディズムのアイロニーである。すなわちサディストが、おのれの溶解した自我を必然的に外へと投射し、それによって同時に、外部をおのれの唯一の自我として生きるという、二重の操作があるのだ。ここには、マゾヒズムとのいかなる現実的な一体性も、いかなる共通の大義も存在せず、むしろサディズムに属する独創的な過程、全面的かつひたすらサディズム的な偽のマゾヒズムがあり、それがきわめて粗雑なしかたで、うわべだけマゾヒズムと一致しているにすぎない。アイロニーとは、実際、貪欲な超自我の行使である――それはサディズムのあらゆる帰結をもたらす、自我の追放や否定の技法なのだ。

マゾヒズムについていうなら、この図式を反転させるだけでは充分ではない。たしかに自我が勝ち誇るのに対し、超自我のほうは、拷問者の女性という形象をまとって外部に姿をあらわすのみである。だが一方ではまさに、サディズムの操作において自我が否定されるように、超自我が否定されるわけではない。超自我は裁き、処罰する権力を外観上は保持したままである。そして他方では、超自我がこの権力を保持するほどに、この権力が嘲弄的なものであり、ほかのもののたんなる偽装にすぎないことがますます明瞭になってくる。叩く女性がなおも超自我を具現化しているにしても、それはラディカルな嘲弄という条件のもとでのことだ。ちょうど狩猟が終わったあと、獣の皮や、戦利品で遊んでいるようなものである。なぜなら、実際には、超自我は死んでいるからだ――たとえそれが能動的な否定の効果ではなく、「否認」の効果であるにしても。そして叩く女性が、表層的なしかたで外部において超自我を代行するのは、超自我を打擲の対象、すなわち典型的な叩かれるものに変えるためなのだ。こうして説明されるのは、マゾヒズムにおける母のイメージと自我との結託であり、それが父との類似に敵対するのだ。父との類似が指し示しているのは、性器的なセクシュアリティと同時に、禁圧の動作主としての超自我なのであり、この双方が一挙に「除去される」のである。ここにこそユーモアがある。ユーモアとはアイロニーのたんなる反対物ではなく、独自の手段をもって進展するものなのだ。ユーモアとは、超自我に対する自我の勝利である。「おわかりでしょう、どうあがこうともあなたはすでに死んでおり、戯画という状態でしか存在しない。私を叩く女性があなたの代わりをするとき、私のうちで叩かれているのもあなたなのです……。私があなたを否認するのは、あなたがじぶん自身を否定するからなのです」。自我が勝利し、苦痛のなかでおのれの自律を、苦痛の果てになされるおのれの単為生殖的な生誕を肯定する。なぜなら苦痛は、超自我を蝕むものとして生きられるからだ。フロイトがそう考えたがっていたのとはちがって、ユーモアが強力な超自我を表現しているとは考えられない。たしかにフロイトはユーモアの一部をなすものとして、自我の二次的な恩恵の必要性を認めていた。それゆえフロイトは、自我の叛逆や傷つきにくさについて、ナルシシズムの勝利について、超自我との結託とあわせて語ったのだ。[38] しかしこの恩恵は二次的なものではなく、本質的なものである。超自我をめぐってユーモアが呈示するイメージを文字どおり受け取ってしまうのは、ユーモアの仕掛けた罠にはまることにほかならない――それは笑い飛ばし、否認するためのイメージなのだ。超自我による禁止は、禁じられた快を獲得するための条件となる。ユーモアとは勝利する自我の営為であり、超自我の迂回や否認の技法であり、それがマゾヒズムのあらゆる帰結をもたらすのだ。つまり、サディズムのなかに偽のマゾヒズムがあるように、マゾヒズムのなかには偽のサディズムがある。マゾヒズムに固有のこのサディズムは、自我のうちでも自我の外でも、超自我を攻撃するものであり、サディストのサディズムとはなんら関係がないのだ。

サディズムは否定的なものから否定へと向かう。すなわち、たえず反覆される部分的な破壊過程としての否定的なものから、理性の全体的な理念としての否定へと向かうのである。サディズムにおける超自我の状態こそが、この道筋を説明してくれる。サディズムの超自我が自我を追放し、それを犠牲者たちの性質として投射するかぎりにおいて、この超自我は、たえず破壊過程を試み、繰り返すべきだということになる。超自我は、奇妙な「自我理想」——犠牲者に自己同一化すること——を固定し規定するかぎりにおいて、もろもろの部分過程を見積もり全体化する。超自我は、もろもろの部分過程を乗り越え、超自我の冷淡な思考を構成する純粋否定の《理念》に向かう。それゆえ超自我は、サディズム特有の脱性化が高まる高次の点を表象する。すなわち、全体化する運動は、否定的なものが部分として参加しているにすぎない結合物から、中性的で変位可能なエネルギーを取りだすのである。だが、この脱性化の最高度の点において、全面的な再性化、純粋思考ないしは中性エネルギーの再性化がふいに到来する。だからこそ、この中性エネルギーを表象する論証的な力、思弁的な言説や叙述は、サドの作品に外からつけくわえられるのではなく、サディズム全体が依拠するその場での運動の本質をなす。サディズムの核心には思考を性化すること、思弁的な過程そのものを、超自我に依存するものとしての思弁的な過程を性化すること、という企図があるのである。

マゾヒズムは否認から宙吊りへ向かう。すなわち、超自我の圧力から解放される過程としての否認から、理想を具体化するものとしての宙吊りへ向かうのである。否認とは、ファルスの権利と所有を、口唇的な母へと転移させる質的過程である。

宙吊りが表象するのは、自我への新たな質の賦与であり、母のファルスを起点とする再生誕の理想である。この両者のあいだで発達するのが、自我における想像力の質的関係であり、それは超自我における思考の量的関係とはきわめて異なるものだ。なぜなら、否定が思考の行為《アクト》であるように、否認とは想像力の反作用《リアクション》だからである。否認は超自我を斥け、超自我から独立する純粋で、自律的な「理想自我」を誕生させる力を母に授ける。否認が去勢を対象とするのは、ただの一例としてではなく、否認の起源と本質に由来するものだ。フェティシズム的な否認の形式——「いや、母はファルスを欠いていない」——は、数ある否認形式のなかの特殊な一形式などではない。それは、父の無化やセクシュアリティの拒否といった、ほかのあらゆる形象を派生させる原理なのだ。ましてや否認全般は、想像力の一形式などではない。否認こそが、想像力じたいの基底を構成するのであり、この想像力が現実界を宙吊りにし、この宙吊りのなかで理想を具体化するのだ。否認することと宙吊りにすることは、想像力の本質に属しており、想像力を理想とその特殊な機能に関連づけるのである。同様に否認は、マゾヒズムに固有の脱性化の過程でもある。母のファルスは生殖器官ではなく、逆に中性エネルギーの理想的な器官であり、それじたい理想を、すなわち第二の生誕による自我ないしは「性愛なき新たな人間」を産出するのである。つねに自我が問題であったにもかかわらず、私たちがマゾヒズムにおける非人称的な要素について語ることができたのは、この二重化と、それを産出する超人称的な操作との関連においてのことだ。だが、マゾヒズムの脱性化が高まる最高次の点において同時に産出されつづけるのは、ナルシス的自我における再性化である。ナルシス的自我は、口唇的な母をとおして、理想自我のうちにおのれのイメージを観想するのである。サディストの冷淡な思考に対立するのが、マゾヒストの凍てつく想像力なのだ。そして、ライクの指摘にならって、マゾヒズムの本源的な場として「空想」を介在させねばなるまい。サディズムにおいては、脱性化と再性化という二重の過程が思考のなかで顕在化し、論証的な力のなかで表現されていた。マゾヒズムにおける二重の過程は、想像力のなかで顕在化し、弁証法的な力のなかで表現されるのである（弁証法的な要素はナルシス的自我－理想自我の関係のなかに位置づけられる一方で、神話的な要素を差しだすのは、この関係を条件づける母のイメージである）。

おそらく自我、超自我、そして両者の関係をめぐる悪しき解釈こそが、ふたつの倒錯の一体性をめぐる発生論的幻想を基礎づけている。超自我は、サディズムとマゾヒズムを反転させる点としての役割をまったく果たしていない。超自我の構造は、全面的にサディズムに属しており、仮にそれが一種のマゾヒズムを生みだすとするなら、サディストに固有のマゾヒズムにほかならず、それはマゾヒストのマゾヒズムときわめて粗雑なしかたで一致するにすぎない。自我の構造は全面的にマゾヒズムに属している、等々。脱性化や分離そのものは、移行の様式などではまったくない（自我のサディズム－超自我のなかでの脱性化－マゾヒストの自我のなかでの再性化、という図式が提起されるときのように）。なぜなら、サディズムとマゾヒズムは、それぞれ独自の脱性化と再性化の形式を統合し、所持しているからである。苦痛との親和性は、両者の場合でまったく異なる形式的条件に依存している。死の本能も、ふたつの倒錯の一体性と交流を保証する要素となるわけではない。死の本能とはおそらく、サディズムとマゾヒズムとに共通の外皮なのだが、それは外在的で超越的な外皮であり、その力が決して「所与として与えられ」ないよう防護する境界線なのである。実際、死の本能が決して所与として与えられないのは、サディストのやり方によれば、超自我のなかで思考されるものだからであり、マゾヒストのやり方によれば、自我のなかで想像されるものだからである。これは思弁的な手段か、神話的な手段でしか、死の本能について語ることはできないという、フロイトの指摘と一致する。死の本能との関連で、サディズムとマゾヒズムは分化するのであり、たえず分化しつづけるのだ。サディズムとマゾヒズムはたがいに異なる構造であり、互換可能な機能ではない。ようするに、発生論的な派生ではなく、構造的な分断という用語によって、サディズムとマゾヒズムはその本性をあらわすのだ。ダニエル・ラガシュが近年主張したのは、自我－超自我のこうした分断の可能性であった。かれが区別し、必要とあらば対立させるのは、ナルシス的自我－理想自我の体系と、超自我－自我理想の体系である。あるいは自我が、理想化という神話的な企てに乗りだし、母のイメージを鏡としてもちいることで、そこに全能性のナルシス的理想として「理想自我」を映しだし、さらには「理想自我」を産出しさえするのか――あるいは自我が、同一化という思弁的な企てに乗りだし、父のイメージをもちいて超自我を産出し、この超自我が、ナルシシズムに外部の源泉を介入させる権威的理想として、「自我理想」を割りふるのか。[★39] そしておそらく、自我と超自我、理想自我と自我理想というふたつの極は、脱性化のふたつの類型に対応するものだが、この二極は、ひとつの総体的構造のなかで作動しうるものである。この構造のなかで、これら二極がきわめて多彩な昇華形式に着想を与えるばかりでなく、もっとも深刻な機能障害を引き起こしもするのである（こうしてラガシュは、躁病を理想自我の機能的な優位として解釈し、鬱病を超自我−自我理想による支配として解釈する）。だがより重要なのは、脱性化のこの二極が、それぞれの極にまったき構造的充足性を与える倒錯的な再性化を利用して、分化し分離した倒錯の諸構造のなかで作動する可能性なのだ。

マゾヒズムとは、いかにして、だれによって超自我が破壊されるのか、そしてこの破壊からなにが生まれるのかを語る物語である。聴衆がこの物語をよく理解できず、まさに超自我が死に瀕しているそのときに、超自我の勝利を信じてしまうことだってありうるだろう。これはあらゆる物語にひそむ危険であり、物語がはらむ「余白」にひそむ危険である。それゆえマゾヒストは、おのれの兆候と幻想のあらゆる力を駆使してこう述べるのだ。「昔むかし三人の女がいました……」。かれが語るのは、この女性たちの遂行する闘争であり、口唇的な母の勝利である。マゾヒスト自身、この古来の物語に、現代的な契約という精緻な行為でもって参与する。だが、そうしてかれが獲得するのはきわめて奇妙な効果である。つまり、マゾヒストは父との類似を、父の遺産であるセクシュアリティを放棄するのだが、そのとき同時に、父のイメージをも斥けるのだ。父のイメージとは、このセクシュアリティを統御し、超自我の原理となる禁圧的な権威にほかならない。制度の超自我に対して、マゾヒストは自我と口唇的な母との契約にもとづく同盟を対置するのだ。第一の母と恋人女性とのあいだで、口唇的な母は死のイメージとして機能し、自我に対して二重の放棄を迫る冷たい鏡をつきつける。だが死は第二の生誕として、単為生殖として想像されるほかなく、そこから超自我とセクシュアリティを除去した自我が甦ってくる。死における自我の反射＝反省は、マゾヒズムの独立や自律という条件のもとで、理想自我を産出する。ナルシス的自我は、死という母性的な鏡において理想自我を観照する。これこそ、イヴの助けを借りてカインが開始し、《処女《マリア》》の助けを借りてキリストが継承し、ミリアムの助けを借りてサバタイ・ツヴィが反復する物語である。これこそマゾヒズム的な幻視者《ヴィジヨネール》であり、「神は死んだ」の驚異的なヴィジョンなのだ。だが、ナルシス的自我はこの二重化を享楽する。すなわち、理想自我の脱性化に見合うかたちで、ナルシス的自我はおのれを再性化するのだ。だからこそ、このうえなく激しい処罰、強烈な苦痛が、死のイメージと手をたずさえながら、この文脈のなかで、かくも特殊なエロティックな役割を果たすのである。理想自我において、こうした処罰や苦痛は、超自我や父との類似から理想自我を解放する脱性化の過程を意味するものであり、ナルシス的自我においては、超自我が禁ずる快を、まさしくナルシス的自我に与える再性化を意味するものなのである。

同様に、サディズムも一個の物語である。この物語が語るのは、まったく別の文脈と別の闘いのなかで、いかにして自我が叩かれ、追放されるかである。鎖から解き放たれた超自我が、父の膨張から着想を得つつ、いかにして排除する役割を帯びるのか。どうして母と自我が格好の犠牲者となるのか。いまや超自我によって表象される脱性化が、たちまち道徳的であることも道徳化するものであることもやめるのは、この脱性化が、もはや内面的な自我に対しては行使されず、外へと方向転換し、廃棄された自我という性質を帯びる外部の犠牲者に向けられるときであるのはなぜか。このとき死の本能はいかにして、おそるべき思考として、論証的理性の《理念》として立ちあらわれるのか。再性化はどのようにして、「自我理想」のなかで、すなわち、マゾヒストの幻視者とあらゆる点で対立する、サディストの思考者のなかで産出されるのか。まさに、これはまったく別の物語なのだ。

私たちが示そうとしたのは、ただ次のことだけである。性生活における暴力と残酷性についてなら、どんなときでも語ることができるし、この暴力や残酷性が様々なしかたでセクシュアリティと結合するのを示すことだっていつでもできるし、ある結合物から別の結合物へと移行する諸手段を発明することだって、いつでもできる。同じ人物が、苦しませること、苦しむことの双方を愛するのだと人々はいう。想像上の転回点や反転点が固定され、それが、稚拙な規定のせいできわめて広範なものとなっている集合に適用される。つまり、変形論的な先入観のせいで、サド＝マゾヒズムの一体性が自明のものだと考えられてしまっているのだ。私たちが示そうとしたのは、おそらくそうすることで、きわめて粗雑で、よく分化されていない概念にとどまってしまうということなのである。サディズムとマゾヒズムの一体性を保証するために、ふたつの手法がもちいられる。一方で、病因論的な観点によって、サディズムとマゾヒズムから、それぞれ特定の構成要素が切り取られ、一方から他方へと移行しうるものにつくり変えられる（こうして、サディズムの本質的な構成要素である超自我が、サディズムからマゾヒズムへの反転の点として、さかしまに呈示されてしまう。マゾヒズムの本質的な構成要素としての自我についても同様である）。他方で、兆候学的な観点によって、粗雑な症候群、漠然とした類比効果、漠然とした一致が、サド＝マゾヒズムという実体の証拠とみなされる（こうしてサディストの「一種」のマゾヒズム、マゾヒストの「一種」のサディズムが生みだされる）。だが、どんな医者が発熱を、特定の病の明白な兆候として扱うというのか。発熱とは、様々な病にあらわれうるごく一般的な表現であり、未規定な症候群にすぎないのだ。サド＝マゾヒズムとは、こうした類いのものにほかならない。それは倒錯全般の症候群にすぎず、鑑別診断〔示差的診断〕を稼働させるために解体されねばならないのだ。サド＝マゾヒズムの一体性への信仰は、本来的な意味での精神分析の議論ではなく、性急な同一化と発生論的な悪しき解釈からなる、フロイト以前の伝統にもとづくものにすぎない。そして精神分析はたしかに、そのことに疑問を呈するどころか、それらをいっそう説得的なものにするだけで事足れりとしてきたのだ。

それゆえマゾッホを読むことが必要不可欠となる。サドが、文学批評と精神分析的解釈から同時に着想を得ながら、その両者を刷新することにも貢献する、かくも深遠な研究の対象となっているときに、マゾッホを読まないのは不当なことだ。サドのたんなる補完物を探すためだけに、サディズムがまさしくマゾヒズムへと反転することの一種の証拠や証明を探すためだけに、マゾッホを読むのも同じく不当なことだろう——たとえマゾヒズムのほうが、サディズムのなかに姿を見せることがあるにしてもである。事実、サドの天才とマゾッホの天才はまったく異質なものであり、かれらの世界は交流をもたず、かれらの小説技法もたがいに関係がない。サドは、描写の猥褻性と、論証の無感動な厳格さとを結合させる形式をとおしておのれを表現する。それに対してマゾッホは、否認を増殖させ、冷淡さのなかで美的な宙吊りを誕生させる形式をとおしておのれを表現する。対決が、必然的にマゾッホの不利になるようなことがあってはならない。スラヴの魂であり、ドイツ・ロマン主義を継承するマゾッホがもちいるのは、ロマンティックな夢ではなく幻想であり、文学における幻想のあらゆる力能である。文学的にいって、マゾッホは幻想と宙吊りの巨匠である。この技法だけでも、かれは偉大な書き手なのだ。サドが描写をつうじて論証の力に合流しえたように、マゾッホは民間伝承をつうじて神話の力に合流する。ふたりの名が、ふたつの基礎的倒錯を指し示すのに貢献したというその事実がおもい起こさせるのは、病はその原因との関連以前に、その兆候によって名づけられるという点である。病因論とは、医学の科学的で実験的な部分だが、それは、医学の文学的で芸術的な部分である兆候学にしたがわねばならない。この条件のもとではじめて、障害の記号学的な単位の解体が回避されるのであり、また逆に、捏造された名のもとで、きわめて異なる障害が一緒くたにされ、特殊性をもたない原因によって恣意的に定義される、一個の集合にまとめあげられるという事態が回避されるのだ。

サド゠マゾヒズムとは、捏造されたそうした名のひとつであり、記号学的な畸形なのである。私たちが、うわべ上は共通する記号の前に立たされてきたとき、問われてきたのはいつもたんなる症候群にすぎず、それはたがいに還元しえない兆候へと分解しうるものなのだ。要約することにしよう。1．サディズムの思弁的－論証的な能力、マゾヒズムの弁証法的－想像的な能力。2．サディズムにおける否定的なものと否定、マゾヒズムにおける否認と宙吊り。3．量的な反覆、質的な宙吊り。4．サディズムに固有のマゾヒズム、マゾヒズムに固有のサディズム、両者が結合することは決してない。5．サディズムにおける母の否定と父の膨張、マゾヒズムにおける母の「否認」と父の無化。6．双方の場合におけるフェティッシュの役割と意味の対立。幻想についても同様。7．サディズムの反耽美主義、マゾヒズムの耽美主義。8．一方の「制度的」な感覚、他方の契約的な感覚。9．サディズムにおける超自我と同一化、マゾヒズムにおける自我と理想化。10．脱性化、再性化をめぐるふたつの対立する形式。11．総体を要約するサディズムの無感動とマゾヒズムの冷淡さとのあいだのラディカルな差異。これら十一の命題が、サディズム＝マゾヒズムの差異ばかりでなく、サドとマゾッホの手法がはらむ文学的差異をも表現してくれるにちがいない。

補遺I 幼年期の記憶と小説についての考察

王妃であろうが農婦であろうが、身にまとうのが白貂の毛皮であろうが羊革の外套であろうが、毛皮をまとって鞭を手にし、男を奴隷にするこの女はいつでも、私の創造物であると同時に真のサルマタイの女でもあるのだ……。

おもうに芸術的創造物はどれも、ちょうどこのサルマタイの女が私の想像力のなかで生みだされたように、同じようなしかたで発展するものだ。まず私たち各人の精神のうちには、ほかの多くの芸術家が取り逃がしてしまう主題をつかまえる、生得的な素質がある。次いでこの素質に、生命の印象がつけくわわり、生きいきとした形象を作者に示すのだが、その原型はすでに作家の想像力のうちに具わっているものだ。この形象が作者の心をとらえ、誘惑し、虜にするのは、それがこの素質めがけて到来し、しかも芸術家の本性に合致するからなのである。このとき芸術家は、この形象を変形し、それに肉体と魂を与えるのだ。最終的に芸術家は、じぶんが芸術作品へと変貌させたこの現実のなかに、のちにあらわれるすべてのものの源泉となる問題を見いだす。逆の行程、すなわち問題から形象の配置へと向かう行程は、芸術的なものではない。

すでに幼少期から、私は残酷な類いのものに対して、神秘的なおののきと悦楽をともなう顕著な嗜好を抱いていた。だが、私の心は憐みに満ちており、蠅を痛めつけることさえできなかった。大おばの家の奥まった暗い片隅に座って、聖人たちの伝説をむさぼるように読み、殉教者たちの耐え忍ぶ拷問について読んでは、熱に浮かされたような状態になっていた……。

十歳のころ、私にはすでに理想の人がいた。父の遠縁の女性――ゼノビア伯爵夫人と呼んでおこう――に悶々とした恋心を抱いていたのだ。かのじょはこの地方の女性のなかでもっとも美しく、同時にもっとも妖艶だった。

ある日曜日の午後のことだった。生涯決して忘れることはないだろう。私は義理のおば――そう呼ばれていたのだ――の子どもたちと遊ぼうと、かれらに会いに行った。私たちと一緒にいたのは一人の女中だけだった。とつぜん、黒貂の大きな毛皮の外套をまとった堂々たる壮麗な伯爵夫人が入ってきて、私たちに挨拶をし、私に接吻してくれたので、私はいつものように天国に連れてゆかれるような心地だった。次いでかのじょが大声でいった。「こっちにおいで、レオポルト。外套を脱ぐのを手伝ってちょうだい」。私は聞き返すことさえしなかった。寝室までついて行き、やっとのおもいで重たい毛皮を脱がせると、かのじょがいつも家で着ている、リスの毛皮をあしらった緑のビロードの極上の上着をはおるのを手伝った。そして、かのじょの前にひざまずくと、金糸の刺繡をほどこした部屋履きをはかせた。手のなかでかのじょの小さな足がうごくのを感じ、我を忘れてその足に熱烈な接吻をした。当初おばは、あっけにとられた様子で私を見つめていたが、まもなく高笑いをはじめ、私を軽く足先で小突いたのだった。

かのじょがおやつの準備をしているあいだに、私たちはかくれんぼをはじめた。魔がさしたのか、私はおばの寝室に行き、ドレスや外套のかかった衣裳掛けのうしろに隠れた。そのとき、呼び鈴の音が聞こえ、数分後、おばが寝室に若く麗しい男性を連れて入ってきた。そして鍵をかけずに扉を閉めると、恋人をそばに引き寄せた。

ふたりがなにをいっているのか、ましてやなにをしているのか、よくわからなかった。だが私の心臓は激しく高鳴っていた。なぜなら、じぶんの置かれた状況がよくわかっていたからだ。見つかろうものなら、密偵だとおもわれてしまうにちがいない。この考えで頭が一杯になり、死ぬほどの不安に襲われた私は、目を閉じ耳をふさいでいた。くしゃみが出そうになるのを必死でこらえていると、とつぜん、扉が乱暴にあき、おばの夫がふたりの友人と一緒に、寝室へと息せき切って入ってきた。顔は真赤で、目はぎらぎらと輝いていた。だが、かれが一瞬躊躇し、このふたりの恋人たちのどちらを先に殴るべきか考えあぐねているあいだに、ゼノビアが先回りした。

一言も発することなくふいに立ちあがると、夫めがけて突進し、顔面に強烈な一撃をくらわせたのだ。かれはよろめいた。鼻と口から血が出ていた。だが、おばは満足しない様子だった。乗馬用の鞭をつかんで、振りまわすと、おじとその友人に向かって扉を指さした。その機会にみな同時に逃げだし、若き崇拝者も遅れず退散した。このとき、不運なことに衣裳掛けが倒れ、ゼノビア夫人の怒りがまるまる私に注がれた。「なんてこと！　そこに隠れていたっていうの？　いいでしょう、密偵のやり方を教えてあげます！」

私はなぜそこにいたのかを説明し、弁解しようとしたが無駄だった。目で合図して私を絨毯のうえに寝かせた。そして私の髪の毛を左手でつかみ、両肩を膝で押さえつけると、激しく鞭を打ちはじめた。私は歯を力一杯嚙みしめていたが、それでも涙が湧いてきた。だが、正直に認めねばなるまい。美女の残酷な打擲を受けて身悶えながら、私は一種の享楽を感じていたのだ。おそらくかのじょの夫も、一度ならず似たような感覚を味わっていたにちがいない。なぜならまもなくかれが寝室に戻って来たとき、復讐者どころか、従順な奴隷のようだったからだ。そしてかれが不実な妻の前にひざまずいて、許しを乞う一方で、かのじょは夫を足で小突いていたのだ。このとき、扉は鍵をかけられていた。こうなると、私には恥じらいなどなかった。耳をふさぎもせず、扉の向こう側に細心の注意を払って耳を傾けた。たぶん復讐心か、子どもじみた嫉妬心のなせるわざだろう――ふたたび張り裂けるような鞭の音が聞こえた。それは、つい先ほど私自身が味わったばかりのものだった。

この事件が灼熱の焼印の如く私の心に刻まれた。当時の私は、官能的な毛皮を身にまとい、夫を裏切ったかとおもえば、そのかれにひどい仕打ちをするこの女性のことを理解できなかった。だが、この被造物《ひと》を嫌悪しながら同時に愛してもいたのだ。かのじょは、その力強さと呵責なき美しさのおかげで、人類の襟首を大胆不敵に踏みにじるべく創造されたかにおもわれた。それからというもの、豪奢な白貂の毛皮、ブルジョワ風の兎の毛皮、田舎風の子羊の毛皮といった新たな異様な情景、新たな形象に対して、新鮮な印象を抱くようになった。そしてある日、同じタイプの女性が明確な輪郭をともなって私の前に屹立し、『密使』のヒロインのかたちをまとったのだ。

小説『毛皮を着たヴィーナス』を誕生させる契機となった問題を発見したのは、ずっとあとになってからのことだった。私はまず残酷性と悦楽とのあいだに神秘的な親和性を発見し、次いで両性間の自然な親密性を、あの憎悪を発見したのだ。この憎悪こそ、しばしのあいだ愛に屈服したのち、まったくもって基本的な力としてその姿をあらわし、一方の側を槌に、他方を鉄床に変えるものなのである。

ザッヘル＝マゾッホ「体験記」、

『ルヴュ・ブルー』誌、一八八八年。

補遺Ⅱ
マゾッホの二通の契約書

ファニー・フォン・ピストール夫人とレオポルト・フォン・ザッヘル＝マゾッホのあいだの契約書

レオポルト・フォン・ザッヘル＝マゾッホは、六ヶ月間にわたりフォン・ピストール夫人の奴隷となり、その欲望と命令すべてを絶対的に実行することを名誉にかけて誓う。

一方、ファニー・フォン・ピストール夫人は、かれの名誉を傷つけるようなこと（人間と市民としての名誉を損ないうること）を、一切要求しないものとする。また、かれの仕事のために一日六時間を確保してやり、その書簡と原稿を決して見てはならない。契約違反や不履行、不敬罪のたびに、主人（ファニー・ピストール）は、おのれの意のままに、その奴隷（レオポルト・フォン・ザッヘル＝マゾッホ）を罰することができる。つまり、臣下は奴隷的な従順さで主権者に服従し、寵愛のしるしを歓喜の贈物として甘受するものとする。臣下は一切愛を要求してはならず、恋人たる権利を一切放棄する。一方、ファニー・ピストールは可能なかぎり毛皮を身にまとうこと、殊に残酷たらんとするとき毛皮を身にまとうことを誓う。

（のちに削除された箇所）――六ヶ月の期間が終了したあかつきには、この狂言的な隷属は当事者双方にとって効力を失うものとし、以降決して真剣に言及してはならない。今後起こることは、かつての恋愛関係が復活したあかつきには、すべて忘却されねばならない。

六ヶ月の期間は更新されない。また、主権者の意のままに開始され終了する長期の中断をはさむことができるものとする。

契約確認のため、誓約者がここに署名する――

ファニー・ピストール・バグダノフ

レオポルト、騎士ザッヘル＝マゾッホ

一八六九年一二月八日発効。

＊

ワンダとザッヘル＝マゾッホのあいだの契約書

我が奴隷へ、

あなたを奴隷として受け容れ、私の傍らにいることを認める条件は、以下のとおりである。

あなたの自我を完全に放棄すること。

私の意志のほかに、あなたに意志などないこと。

私の手中にあって、反論などせず私の命令すべてを実行する盲目な道具にならねばならない。じぶんが奴隷であることを忘れ、なんであれ絶対的に服従しなかった場合、私は意のままにあなたを罰し、矯正する権利を有するものとし、あなたはそれに厚かましく口ごたえしてはならない。

私があなたに与える快適さや幸福はすべて私の好意によるものであり、あなたは感謝しながらそれを受け容れなければならない。あなたに対する私の行為に間違いなどなく、私は一切の義務を負わないものとする。

あなたは息子でも、兄弟でも、友人でもなく、塵に埋もれる奴隷以外のなにものでもない。

あなたの肉体ばかりでなく、心も私に帰属するものとする。ひどい苦痛を感ずる場合であれ、感覚と感情を私の権威に服従させねばならない。

比類なき残酷性が、私には認められるものとする。私が深手を負わせるにしても、あなたは文句ひとつなしに耐え忍ばねばならない。あなたは奴隷として、私のためにはたらかねばならない。そしてもし私が豪奢に振舞う一方で、あなたにはそのおこぼれを与えず、あなたを踏みにじろうとも、不平不満を漏らすことなく、あなたを踏みにじるその足に接吻しなければならない。

私はいつでもあなたを追い出すことができるが、あなたのほうから私の意志に反して離別する権利はない。もし逃げようものなら、想像しうるあらゆる責め苦をもって、死に至るまであなたを拷問する力と権利を私に認めるものとする。

私のほかに、あなたにはなにもない。あなたにとって、私こそがすべてであり、私こそがあなたの生命、あなたの未来、あなたの幸福、あなたの不幸、あなたの苦悶、あなたの歓びである。

私が依頼することはすべて、善悪にかかわらず実行しなければならない。私が犯罪を要求したら、犯罪者になってみせることで、私の意志に服従せねばならない。あなたの名誉は、あなたの血、あなたの心、あなたの労働力もろとも、私に帰属する。私こそがあなたの主権者であり、あなたの生と死の主人である。

私の支配にもはや耐えられず、鎖が重すぎるようなら、あなたは自死しなければならない。私があなたを自由にすることは絶対にない。

「私は、かのじょの望みどおりワンダ・フォン・ドゥナーエフの奴隷となり、抵抗などすることなく、その命令すべてに服従することを、名誉にかけてここに誓う」。

博士レオポルト、騎士ザッヘル＝マゾッホ

（シュリヒテグロル『ザッヘル＝マゾッホとマゾヒスム』とクラフト＝エビング

『性的精神病理』に引用)*

*『性的精神病理』フランス語版 *Psychopathia*, Payot, pp. 238-239 の翻訳による。

補遺Ⅲ
ルートヴィヒ二世との情事
（ワンダの語るところによる）

一一月初旬（一八七七年）、夫が手紙を受け取った。

あなたのなかには、まだ《新たなプラトン》がいらっしゃいますか。あなたの心はなにをお恵みくださいますか。愛のための愛でしょうか。よくお考えになってみてください！　あなたの欲望が口先だけの偽りでないとするなら、お探しのものが見つかったのです。私が存在するのは、そのおかげです、そのおかげです。

あなたのアナトール

手紙はイシュルから投函されたものだったが、記憶ちがいでなければ別の場所、ザルツブルクの局留郵便の住所が書かれていた。この手紙が、レオポルトの興奮と好奇心をおそろしいほど掻きたてた。手紙は『カインの遺産』の中篇、「プラトンの愛」のことをほのめかしていた〔「プラトンの愛」は、女性嫌いの男性主人公と、「アナトール」という男性名をかたってかれに接近する女性との、精神的でプラトニックな関係をめぐる書簡体小説〕。筆跡は高貴な人物のものだ。いったいだれなのか。男性なのだろうか。確証を得ることはできなかった。いずれにせよ、放ってはおけない興味深い冒険だった。感動に打ちふるえながら、レオポルトは筆を執った。

あなたの文章は、まるで嵐が海を舞い上がらせるように、私の心を舞い上がらせました。我が心の波を、星まで立ち昇らせたのです——それも無益なことでしょう——なぜなら星のほうが、波のところまで降りてきてくださったのですから。

友情のための友情、愛のための愛！　昼の明るい陽射しのもとや、夜の幻想的な暗闇のなかでおもい描いていた神聖な欲望の対象を、私がついに見つけたのだと、そうあなたが告げているというのに、そしてアナトールが夢のなかにあらわれ、私の休息と睡眠を魅惑したというのに、慎重な熟慮をさらに重ねるべきでしょうか。もしあなたがアナトールなら、私はあなたのものです、私を奪い取ってください！

心より気持ちを込めて

あなたのレオポルト

夫は得もいわれぬ緊張状態で返事を待った。ついにやって来た返事には、こう書いてあった。

あなたはかつて、心のなかで泣いたことがおありでしょうか。私の目は乾いています、ですが心のなかで涙が一粒一粒こぼれおちるのを感じるのです。恐怖でふるえ、心は闘っています、まるで肉体という牢獄から強引に解放されたがっているみたいに。あなたは私の存在をまるごと満たしてくださいます！　お手紙を先ほど受け取り、拝読してからというもの、私にわかるのはたったひとつのことしかありません、あなたを限りなく愛しているのです。あなただけを愛し、アナトールだけが愛することができる。アナトール！あぁ！　それは私のこと！……

私のうちにある善良なもの、高貴なもの、理想的なものはすべてあなたのものです。あらゆる人間のうちにひそむ神々しい火花を、私のうちで燃えあがらせ、それがあなたに捧げられる炎にまでなることを願っています――ですから純粋で、精神的で、神聖なこの愛が、私をあなたのアナトールにできないとするなら、私などあなたにふさわしくないということでしょう……。

アナトール、あなたのアナトール、それは私のことです。このことを疑い、ふたりのうちで成し遂げられる神秘的な奇蹟に逆らうという罪を犯していただなんて、私はなんと幼稚だったのでしょう！　いまやおそろしいほど明晰に悟っています。私たちふたりは永久に、いつまでも――終わりなく――おたがいのものなのです。それとも、この愛が私たちと一緒に死滅するとお考えでしょうか――この愛こそ私の人生の目的であり、私がこの世に生まれた理由なのです！　あなたの熱望の的であること、わかちがたくあなたと結ばれること、誇り高く純粋な精神であるあなたと！　これこそ偉大なこと——神々しいことなのです……。

これはいかにも奇矯なものだが、良い面もあった。文学に「彩り」をそえたのだ。それこそレオポルトに必要なことだった。みごとな芸術作品が異常性や狂気のおかげで出来あがるなら、その美しさが損なわれるとでもいうのだろうか。だから私は、もちろんじぶんに許される範囲で「一肌脱ごう」とはっきり決めたのだ。

レオポルトを観察するのは面白かった。こうした手紙を書いているとき、かれはじぶんが本当に理想の男であり、そうおもわせることもできると確信していたし、また、じぶんのことを情熱にあふれた人間だと考えていた。だが、いったん手紙が手元を離れると、かれは理想主義をひとまずわきにおき、より実践的な側面から物事を考察していた。なぜなら、相手の熱狂が真摯なものにおもえたとしても、夫はじぶんの熱狂がそうではないと知っていたからであり、たとえそう白状しないにせよ、かれの熱狂は隅々までまがいものだったからだ。それに『プラトンの愛』はまったくかれの好みのタイプではなかったし、アナトールと名乗るこの手紙の主はザッヘル＝マゾッホのことをろくに知らず、別のなにかをおもい描いていたにちがいない。

レオポルトは手紙の主が女性だと堅く信じていたし、そう望んでもいた。だが私と衝突するのをおそれて、正反対のことを信じ、望むふりをしていた。いずれにせよ、口に出された精神的な結びつきは、この事実からしても、たんなる嘘にすぎなかった。これはかれが全力でしがみついた嘘であり、真実の明るい光にさらされてもなお、かれが嘘だと決して認めなかった嘘なのだ。なぜなら、じぶん自身への信仰と、かれの精神的価値《モラル》への信仰が、この嘘にかかっていたからだ。この信仰なしに生きることなど、かれにはできなかっただろう。

夢中になったアナトールは、まるで子どもや恋する女みたいに盲目に、じぶんの心を打ちあけてきたのだが、このことが爾来私を苦しめていた。なぜなら、幻滅の日がいまにもやって来るとわかっていたからだ――かれはザッヘル＝マゾッホという人間のことをまったく知らないように見えた――その生活状況について疑うこともせず、かれが結婚していることにも気づいていない。結婚したプラトン！　こんなこと、アナトールは夢想だにしなかったにちがいない。

手紙のやりとりはつづいていた。手紙は同じ場所から投函されたためしがなく、返事もたえず別の住所に送っていたため、やりとりには膨大な時間がかかった。手紙はザルツブルク、ウィーン、パリ、ブリュッセルやロンドンからやって来た――アナトールが身元を隠そうと、ただならぬ配慮をしているのはあきらかだった。一方、レオポルトは個人的な関係をつくろうと懸命に努力していたが、だからといって相手の身元を探ろうとはしなかった……。

このことがアナトールをいらだたせた。精神的な愛が重要だというのに、個人的な関係になんの意味があろう。かれはなんとかかわそうとしたが、レオポルトの巧みな話術を考慮していなかった。レオポルトが徹底的に追い詰めた結果、長いあいだ躊躇したあげく、最終的にいわば音をあげて、アナトールは会うことに同意した。ただし、かれの指示にレオポルトが逐一したがうという条件が示された。あきらかにこの男は、慎みを欠いた行動に用心せねばならなかったのであり――実際に用心していた。

レオポルトはいうまでもなく、その条件を受け容れた。ブリュックで会うことになった。選ばれたのは私たちがずっと住んでいた街で、私たちはそこから引越したばかりだった。ザッヘル＝マゾッホはみなに知られる有名人であり、かれに責任はなくとも、偶然、この友人の身元があばかれてしまうかもしれなかった。このことのおかげで私は、アナトールが私たちの生活についてなにも知らないことを秘かに確信した。

一二月のおそろしく寒いある日、夫は出発した。乗るべき列車が指示されており、ベルナウアー・ホテルに泊まらねばならなかった。念入りにカーテンを閉め切った真暗な部屋で、目隠しをして待っていると、真夜中に扉が三度ノックされる手はずになっていた。そして三回目のノックのときだけ、「お入りください」と声をかけるのだが、その場を動いてはならないのである。

これほどの用心は女性でなければ理解不能だった。男性だとするなら、ただ滑稽にみえるだけだ。そんなわけで夫はやさしく私に別れを告げた――美しい女性と一夜を過ごすだろうと堅く信じながら。

その夜、私はいたっておだやかに眠りについた。狭量な考えで、かくも貴重で興味深い夫の情事を、みすみす台無しにする権利はないとおもっていたのだ。いったん腹をくくると、そのことを考えずにおくだけの胆力が私にはあった。そのうえレオポルトは、かれの新しい知人の性別にかかわることを除けば、私に対してとても誠実だった――この瞬間にブリュックで起こっていた事態は、大いに情状酌量の余地のあるものだったのである。

翌日、かれは帰って来た――出発したときと同じように神経が昂っており、またアナトールがだれであるかも依然として謎のままだった。レオポルトが語った次第は以下の如くである。ブリュックに着くやいなや、ベルナウアー・ホテルに行き、夜食を取ったあと、部屋に案内されそこで待っていた。まもなくアナトールの手紙が届いた。三枚の便箋にぎっしり書かれていたのは、まさにこれから実行しようとしている手はずが掻きたてる不安の叫びであり――会うのだと考えることがもたらすすふるえんばかりの歓びであり、それがもたらす結果についての恐怖だった。

レオポルトは、じぶんの待っている人物の性別に、まだかすかな疑いを抱いていたが、この手紙がそれをかき消した。女性だけが、それも高い身分の女性だけが、些細な慎みの欠如によっておそろしい立場に置かれうるがゆえに、こんな手紙を書くはずだからだ。手紙は切なる懇願と絶望にあふれており、きわめて大きく深刻な危険があるらしかった。レオポルトは、憐みの念にかられるとともに、じぶんが引き受ける責任への恐怖にとらわれ、一瞬、身を引くことも考えたが、じぶんの欲望をアナトールに伝えられないのを残念におもった。アナトールの名を口にするのは禁じられていたのだ。だからかれは、到来をひたすら待つしかなかった。

だがこの印象も、長いあいだ待っているうちに消えてなくなった。見知らぬ美女によって覚醒した欲望が、憐みの念を上回ったのだ。真夜中が近づくとカーテンを閉め、目隠しをし、全神経を緊張させ、最後の数分が流れるにまかせた。運命がじぶんの手の届くところまで運んでくれた幸福をつかんで、決して離すまいとかれは堅く決心したのだ。

深夜零時を告げる最後の鐘が鳴るとレオポルトには、重たい足どりで階段を上がり、じぶんの部屋に近づいてくる足音が聞こえた。今回は願いが叶わず、ホテルの使用人が新たに手紙をもってきたのだとおもい、もう目隠しを取ってしまおうとしたとき、小さな慎み深い三度のノック音が聞こえた。つまり、取り決めどおりになったのだ。

「お入りください」と声をかけると、扉のひらく音が聞こえ、先ほどの重たい足音が室内に響いた。

ああ、男だったのか！　夫が失望をなんとか乗り越えようとしていたとき、信じられないほど美しく、しかし深い感動でふるえてもいる声がこういった。「レオポルト、あなたはどこなのです？　私を案内してくださいませんか、なにも見えないのです」。

夫は差しだされた手をとると、未知の男性を長椅子まで連れてゆき、ふたりで腰かけた。「正直にいってあなたは」と声がふたたびいう、「女性をお待ちしていたのでしょう」。

予期せぬ男性が登場したことで、レオポルトの心に引き起こされた混乱は、すぐおさまった。毛皮を着たヴィーナスを演じさせうる女性でなかったとしても、この男性をギリシャ人にできればしめたものだ。すでに心の落ち着きを取り戻していたかれは、こう答えた。

——先ほどいただいたお手紙で、あなたはじつは女性なのではないかと不安を抱いていたのです。あなたはほんとうに神秘のヴェールに包まれている。

——不安ですって？　ということは、がっかりなさっているわけではないのですか。

堅苦しい雰囲気はすぐほぐれ、ふたりの男性は打ち解けた会話をはじめた。アナトールはひっきりなしに愛について語ったが、それは精神的で非物質的な愛のことだった。そしてついにザッヘル＝マゾッホにこう打ち明けた。じぶんは若くたくましい男性だが、これまで女性には一人たりとてふれたことがなく、「体も心も純潔である」と。

だが、こうレオポルトに語ったのはもはや青年ではなく、大人の男性で、たしかにまだ若いものの、大人であることに変わりはなく、レオポルトよりも背が高くがっしりしていた。——これまで女性に一人もふれたことがないなんて！　いったい、どういう意味なのだろう。

私の夫は、説得しようという素振りなどつゆほど見せずに、相手の心をつかまえてしまう危険な話術の持ち主で、ふいにでくわした人は我を見失ってしまう。アナトールに起こったのはまさにそれだった。しかもアナトールはひどく感動しており、会談のあいだずっと興奮しっぱなしだった。レオポルトはかれの心を簡単に奪い、じぶんの望むほうへと一歩一歩かれを追い詰めていった。レオポルトは、じぶんが結婚しており、魅力的な妻と天使のように美しい子が一人いること、そして五年の結婚生活を経てなお妻を愛しているというのがどれほど甘美なことかを語った。そのことに相手は感動し、ほとんどへりくだるようにしてこういった。

――あぁ！　なんと御礼をいったらいいか。ひどい心配事がすこし楽になりました。

――あなたは美男子なのですか、と目隠しをしたままのザッヘル＝マゾッホが訊ねた。

――私にはわかりません。

――美しいといわれますか。

――男性である私にだれがそんなことをいうでしょう。

――あなたご自身です。あなたは美しい。私にはわかるのです。あなたのような声をお持ちの方は美男にちがいない。

――ですが、おそらくそれでも私のことはお気に召さないのではありませんか。

――まさか！　あなたは私の主人であり王だ！　ですがもしご心配なら、私の妻ワンダにお姿をお見せください。かのじょは私のことを知りつくしています。あなたのお姿を見てもいいとかのじょがいうなら、きっと間違いないでしょう。

こうして一方が他方に迫ると、他方は身を引くのだった。別れを告げる時刻の鐘が鳴った。

「さようなら」とふたりでいいあった。

このとき夫は、手に燃えるような接吻を感じた。こうしてふたりは別れた。レオポルトはグラーツ行きの始発列車に乗った。

手紙のやりとりが再開された。今度は私も巻き込まれた。レオポルトは私たちの写真を送り、相手の写真を求めた。だが、かれは送るのをたえず先延ばしにした。あまりに多くの迂回を必要とする書簡のやりとりは、面倒なものとなっていった。それに、空想に満ちた果てしない国への廻り道は、金持ちと暇人にはちょうどよいかもしれない。だが、日々の生活の要求と闘わなければならないとなると、苦痛に満ちたむきだしの現実が、私たちをただちに世俗的な心配事や仕事に連れ戻してしまったのだ。夫自身がこの件に寄せる関心も、ついに弱まっていった。たえざる愛の誓いには、不信の念を示す数々の証拠がともなっており、それが私たちを傷つけるとかれは感じるようになっていたのだ。ザッヘル゠マゾッホに対する不信の念は、たしかに理解しうるものであった。たとえかれが、この問題にかんして、あらんかぎりの完璧な慎みを示していたとしてもである。だがそれも、果てしなくつづくわけでもなく、私たちは同じところをたえず堂々巡りした。——私の頭もぐるぐる廻りはじめていた。そういうわけで私は、アナトールに有無をいわせぬ手紙を書いた。望みどおりの決断の知らせが先方から届いた。つまり別れの手紙である。別れは、苦痛と悲しみの文章で埋めつくされていた。

レオポルト、

あなたの心を安らぎの地とするというかぐわしい希望のために、私はじぶんの心の平和を、友情の静穏な幸福を、人生の華やぐ享楽を、世界中の快をことごとくあきらめました。その結果、私になにが起こったことでしょう。私を憔悴させる情熱、苦悶であり、それにあなたの不可解な非難によって際限なく膨らんだ私自身の欲望の責め苦です。

永きにわたる格闘の果てに、じぶんの人生のなかで一度きりの、このうえなく困難な決断をしました。この手紙が、どんなふうに解釈されるのかと考えるだけで、おそろしい恐怖にとらわれます。

ワンダの手紙を拝読しましたが、その一行一行が私の心に突き刺さりました。

「もしあなたの愛の誠実さを私が信じるべきだとおっしゃるなら、行動してください、大人の男として振舞ってください」。二日間、私はじぶんのエゴイズムと闘わねばなりませんでした。――そして私は勝利したのです。あなたとお話しするのは、これが最後になるでしょう。レオポルト、あなたを、我が愛する人、計り知れないほど大きく神聖な我が財産と呼ばせてください。――なぜならアナトールは、あなたにお別れを告げるのです。この手紙をあなたが読むころには、私は郵便局との関係をすべて断ってしまいます、もうお手紙を受け取ることもないでしょう――お手紙を書かれても、もう無駄です。ですから、どうして私がこんな決断をするに到ったのか、いまお話しさせてください。じぶんのそばに私を置いておきたいというあなたの欲望は、実現不可能なのです……。この肉体の世界には、精神的な愛など存在しません――あなたご自身もそれに耐えられないでしょう――おそらくなににもまして、私自身が耐えられないのです……。

数ヶ月が過ぎたころ、私たちは次の手紙を受け取った。

レオポルト、

いつ起こってもおかしくないことがほんとうに起こりますように。私は、じぶんがあなたと別れたくない、別れることができないと、よくわかっています。愚かな書店があなたの本を一冊送ってきました。あきらめと、愛と、絶望とのあいだで格闘していたさなかに、それが届けられたのです。いつ起こってもおかしくないことがほんとうに起こりますように。私はあなたのものであり、あなたは私のものです。あなたはごじぶんのおそばに、私を置いておくことになるでしょう。ですが、いまはまだそのときではありません。あと数ヶ月どうか我慢してください、私はあなたのもとへ参ります――永久に。私はすべてをあきらめます、あなたのためならなんだって耐えられます。私のことをまだ愛していらっしゃいますか。あなたのアナトールをまだ信じていますか。ワンダに接吻を幾度も送ります。

かつての遊戯がふたたびはじまったが、同じ躊躇、同じ猜疑心がついてまわった。虚飾に満ちた遊戯でもあった。一方の不信、他方の偽り。ギリシャ人のことしか眼中にない夫は、いつも緊張し興奮していた。事の顚末が私たちにとってどうなるかはっきりしたいま、私は首を突っ込んだことを後悔していた。別れたのは幸いであり、情事が再開したことを苦々しくおもっていた。ひどい終わりを迎えるのが心配だったからだ。五月、もうその演目がなんだったかおもい出すことすらできないが、タレイア劇場での特別公演の前日、私たちはアナトールからチケットを受け取った。劇場に行くので、私たちに会いたいというのだ。

かれがグラーツにいることすら、私たちは知らなかった。レオポルトはひどく感激していた。ザッハも連れて行けば、アナトールは私たちのかわいい子どもにも会うことになるだろう。タレイア劇場の開放的なボックス席は、人前に姿をさらすのにおあつらえむきだった。私たちがその顔を知らずにいるアナトールは、私たちの肖像を手がかりに、こちらを見つけられる有利な立場にある。それに対して私たちは、満員の劇場で、会ったこともないだれかを見つけられようはずもなかった。アナトールはかつて、じぶんが若きバイロン卿に似ていると書いて寄こしたのだが、レオポルトは、そんな雰囲気の男が、劇場入口の柱の陰に隠れているのを見かけたらしい。だが、はしたない視線を投げかけることをおそれたかれは、人波に身をゆだねた。

こちらからは見えないぎらぎらと輝くふたつの眼が、じぶんたちを凝視し、熱病にかかったように熱く、顔の線を一本ずつじっくり舐めまわしているのを知りながら、何時間もじっとしているのは、じつに奇異な感覚を呼び起こす。我らがアナトールによるこんな偵察行為は、気持ちのよいものではなかった。だが、天空の雲のなかを漂いつづけている人々はおそらく、人間的な偉大さよりむしろ、神の如き偉大さの感情を味わっているにちがいない。戯曲と私たち自身の展示が終わったとき、なんと嬉しかったことか。

翌日、アナトールからまた手紙が届くと、今度は、エレファント・ホテルに私たちを招待してきた。私たちは、食堂でかれの言伝を待つ手はずになっていた。つまり、今度は私たちと話がしたかったのだ。この招待に応じて、私たちがエレファント・ホテルの食堂に座ると、まもなく使用人がやって来て、かれを待っている紳士のところまでレオポルトを案内したいといってきた。そう間を置かずにレオポルトが戻ってくると、アナトールがじぶんの部屋に来るよう私に頼んできており、使用人が案内のために私を待っていると告げた。

私はそこに行くことにしたが、この遊戯をすべて終わりにしようと堅く決意していた。この使用人にはカフェの給仕とはちがう、たいそうな「気品」があった。私に階段を昇らせ、いくつもの廊下を抜け、まばゆい灯りをともした優雅なサロンに着くと、そこから真暗な別のサロンへ私を案内した。使用人が立ち去り、私は暗闇のなかでじっとしていた。

――あぁ！　お願いだ、ワンダ、こちらにいらしてください。

――あなたなの、アナトール？

――そうです。

――私を迎えに来てくださる？　だってなにも見えないんですもの。

一瞬の沈黙があった。次いで、ゆっくりとしたためらう足音が、私のほうに向かってきた。一本の手が私の手をさぐりあて、長椅子に導かれた。

私は驚いて押し黙ってしまった！

私に近づいてきた人物は、いまよこに座っていたが、間違いなくレオポルトがブリュックで言葉を交わしたアナトールではなかった。その人物は小柄で、暗闇でも畸形であるとわかった。その声は、せむし特有のほとんど子どもみたいな声色だった――それは夫を魅惑したアナトールのものとはちがって、深くふくよかな声ではなかった。では、いったいだれなのか。私はかれに話しかけたが、このあわれな男はひどく興奮し、ほとんど返事ができなかった。かわいそうになって、私はすぐ辞去した。

私のアナトールがどんな人だったかをレオポルトに話して聞かせると、かれもまったく事情を呑み込めなかった。かれが話したばかりの相手は、ブリュックの相手と同一人物であり、背が高くがっしりした同じ男性で、深く美しい同じ声をしていた。いまいましくなった私は、家に帰るとすぐアナトールに手紙を書いた。私たちがすり替わりに気づかなかったとおもい込ませたまま、会うのを拒む真の理由がいまやはっきりした、それは外観によるもので、こんな猜疑心がどれほど私たちを傷つけるか、なにも感じておられないのがまざまざとわかって悲しいと告げた……。

要約するとこんなことを書いて、その日の夜には投函した。

翌日、昼食後も食堂に残っていると呼び鈴が鳴り、女中が私に手紙を届け、紳士が返事を待っていると告げた。メッセージはアナトールからのものだった――いや、私がエレファント・ホテルで言葉を交わした不幸な人からのもので、一人で私に会いたいと懇願してきた……。（サロンとして利用していたじぶんの寝室に）私が入ったとき、小柄で畸形の若い男は、赤みがかったブロンド髪で、不具の人によく見られる柔和で蒼白で悲しげな表情をしながら、もう一方の扉から入って来た。苦痛に満ちたなんともいえない感情のせいで、かれは身ぶるいしていた。魂があふれんばかりの真剣な瞳が私を見つめ、まるで哀願するみたいに、大きな不安にかられた様子だったので、深い憐みの念を抱いた私は、かれに駆け寄り、その両手をじぶんの手にとると、心を込めて言葉をかけた。そして、かれは私の前にひざまずき、私の膝のあいだに顔をうずめると、激しくしかし押し殺した調子で嗚咽し、そのあわれな畸形のからだをふるわせた。私はかれの頭に両手を添え、なぐさめた。私がなにをいったのか、いまとなってはわからないが、私の言葉はたしかに心の底からのものだった。というのも、計り知れぬ苦悶の淵にあるかれに、深い憐みを覚えたからだ。涙でびしょ濡れになった顔が私を見上げたとき、感謝に満ちた幸福そうな微笑みを浮かべていた……。

「今夜十一時の列車で発ちます。最後の瞬間まであなたがたを見つめ、あなたがたと同じ空気を吸うことができるよう、どうかレオポルトと一緒に今夜、国立劇場においでいただけませんか。そして上演が終わりましたら、最後の握手とお別れの接吻というお恵みをどうか拒まれないことを願いつつ、聖堂の陰に停めた馬車でお待ち申しあげております」。

かれはやって来たときと同じように去って行った。夜、私たちは劇場に行き、上演ののち、聖堂の陰に停まる馬車を見つけた。近づくと、貴婦人用の黒い仮面に覆われた顔が車窓にあらわれ、両腕でレオポルトを引き寄せると、長い接吻をした。次いで、同じ両腕が私の両手をとると、燃えるように口づけした。それから仮面の男はじぶんの座席にどさりと腰を下ろすと、窓が閉じられ馬車が出発した。この場面全体をとおして一言も発せられなかった。押し黙ったまま、私たちはそこに立ちすくみ、目で神秘を追いかけていたが、かれは夜の闇に消えて行った。

あれはいったいだれだったのか。アナトールなのか、それとも畸形の男なのか。

皆目見当もつかなかった。

＊

私たちは新たに別れの手紙を受け取ったが、それはある訴えで締めくくられていた。私たちは精神で愛することができず、だから魔法が解けてしまったのだ、云々……。この手紙は隅々まであいまいで、理解しがたかった——差出人自身は、じぶんの気持ちを明確かつ率直に表現したといっているが、おそらくわざとなのだろう。私たちはもう返事をしなかった……。

数年後、偶然私たちは、アナトールがだれなのかを、ほとんど確信するようになった。一八八一年、私たちは夏の一時期をパッサウ近郊のホイバッハで過ごし、そこでグランダウアー博士と知り合った。医者ではあるが、もう診療はしておらず、ミュンヘンの王立劇場の舞台監督をしていた。芸術にたいそう造詣の深い博識の人で、私たちはこの機知に富む善良な男性と、心地よい時間を大いに過ごした。

ある日、芸術、それにバイエルン州の王宮になにがあるかを話しているとき、王であるルートヴィヒ二世の芸術上の傾向について、それに医者の観点からかれが見て取ったルートヴィヒ二世の奇癖について語りはじめた。次いで、王とリヒャルト・ワーグナーとの関係、ふたりの奇妙な交感、人々とのわずらわしい交際への王の嫌悪、女性から距離を置いていること、孤独を追い求めていること、より理想的な生への、情熱的だが決して満たされることのない希求について語ってくれた。

強烈な興味を掻きたてられた私たちは、グランダウアー博士の話に聞き入った。そのすべてが、私たちふたりがよく知っているものであるようにおもわれたのだ……。私たちは顔を見合わせると、ある名まえが口にのぼった。アナトール、と。博士が話をやめたとき、念のため、私はかれにこう訊ねた。「では、王の友人であるという小柄な畸形の男性はだれなのですか」——「あぁ！　おそらくオラニエ公アレクサンダー王太子のことをいっておられるのですね、オランダ王の長男です。あわれな人でしてね、あのお方は」。

ワンダ・フォン・ザッヘル＝マゾッホ

『我が生涯の告白』

（メルキュール・ド・フランス社、pp. 151-174）

原注

序

(★1)『ガリツィア物語』の一部は、近年クラブ・フランセ・デュ・リーヴル社から再版された(一九六三年)。

本論

(★1) クラフト=エビングはすでに、マゾヒズムから独立する「受動的鞭打ち」の可能性に注意をうながしている。Cf. *Psychopathia sexualis* (édition revue par Moll, 1923), tr. fr. Payot éd. pp. 300-301.

(★2) Georges Bataille, *L'Érotisme*, Éd. de Minuit, Collection « Arguments », 1957, pp. 209-210.〔ジョルジュ・バタイユ『エロティシズム』酒井健訳、ちくま学芸文庫、二〇〇四年、三一九、三二一頁〕。

(★3) Krafft-Ebing, *Psychopathia sexualis*, pp. 208-209.

(★4) 補遺Ⅲ参照。

(★5) 編み込んだお下げ髪を切り取ることは、この意味からすると、フェティッシュに敵対する行為であるとはおもわれない。それはむしろ、フェティッシュを構成する条件なのだ〔隔離、中断=宙吊り〕。編み込んだお下げ髪を切り取る男たちについてふれるのであれば、歴史的に重要な精神医学上の問題を指摘しないわけにはいくまい。クラフト=エビングによって執筆され、〔アルベルト・〕モルが改訂した『性的精神病理』は、おぞましい倒錯の諸事例を大量に蒐集したもので、その副題が示すように、医者や法学者のためのものである。様々な凶行や犯罪、獣姦、切り裂き、屍姦が報告されているが、科学的に必要な冷静さがたえず保たれており、いかなる感情も、価値判断もふくまれていない。ところが八三〇頁、観察例三九六が突如あらわれる。調子が一変するのだ。「編み込んだお下げ髪を偏愛する危険なフェティシストが、ベルリンに不安を広めている……」。そして以下の註釈がつづく。「こうした輩はきわめて危険であり、治療されるまでずっと監獄に収容しておくことが絶対必要だろう。奴らには限りない哀れみなど無用である……。少女の美しい髪をこんな具合に奪われた家族の味わう甚大な苦痛のことをおもうと、この連中をずっと監獄にぶちこんでおかないことが、私にはまったく理解できない……。この件にかんして、新たな刑法での改善を待ちたい」。さして重要でない軽微な倒錯に対して、これほど怒りを爆発させるのを見ると、通常の科学的な手法から逸脱させてしまうほど強力な個人的な動機から、この著者が発想していると考えざるをえない。となると観察例三九六の段階で、この精神医学者の神経が破綻したと結論づけねばなるまい。このことは、万人にとって一個の教訓となるだろう。

（★6）一八六九年一月八日付の書簡、弟カール宛て（ワンダによる引用）。〔Wanda de Sacher-Masoch, *Confession de ma vie*, tr. fr. Tchou, 1967, pp. 252-254〕。

（★7）Maurice Blanchot, *Lautréamont et Sade*, Éd. de Minuit, Collection « Arguments », 1963, p. 30.〔モーリス・ブランショ『ロートレアモンとサド』小浜俊郎訳、国文社、一九七三年、三八頁〕。

（★8）Freud, *Trois Essais sur la sexualité*, tr. fr., Collection « Idées », NRF, p. 46.〔フロイト『性理論のための三篇』渡邉俊之訳、『フロイト全集6』所収、岩波書店、二〇〇九年、二〇四頁〕。

（★9）Freud, « Les Pulsions et leurs destins » (1915), tr. fr., in *Métapsychologie*, NRF, p. 46.〔フロイト「欲動と欲動運命」新宮一成訳、『フロイト全集14』所収、岩波書店、二〇一〇年、一七九―一八〇頁〕。

（★10）補遺Ⅰ参照。

（★11）Cf. Bachofen, *Das Muterrecht*, 1861.〔Ｊ・Ｊ・バッハオーフェン『母権論――古代世界の女性支配に関する研究　その宗教的および法的本質』岡道男・河上倫逸監訳、みすず書房、全三巻、一九九一―一九九五年〕。依然としてバッハオーフェンから多くの着想の得ていることを示すものとして、ピエール・

ゴルドンの素晴らしい書物を挙げておこう。Pierre Gordon, *L'Initiation sexuelle et l'évolution religieuse* (PUF, 1946).

（★12）補遺I参照。

（★13）Cf. E. Bergler, *La Névrose de base* (1949), tr. fr., Payot.

（★14）Cf. Theodor Reik, *Le Masochisme*, tr. fr., Payot, pp. 27, 187-189.

（★15）Pierre Klossowski, « Éléments d'une étude psychanalytique sur le marquis de Sade », *Revue de Psychanalyse*, 1933.

（★16）クロソウスキーの物語《レシ》『プロンプター』では、サディズム的なものとマゾヒズム的なものという、売春をめぐるふたつの幻想のあいだに本性の差異が見いだされる。「ロンシャンの館」と「歓待の掟」の対立を参照のこと。

（★17）Cf. Jacques Lacan, *La Psychanalyse*, I, pp. 48sq.〔ジャック・ラカン「フロイトの《否定》についてのジャン・イポリットの評釈に対する回答」佐々木孝次訳、『エクリII』所収、弘文堂、一九七七年、九四頁以下／Lacan, *Écrits*, Seuil, 1966, pp. 388sq.〕——ラカンの定義した「排除」、*Verwerfung*〔棄却〕とは、象徴秩序において行使され、本質的に、父というかむしろ「父の名」を対象とする機制である。ラカンはこの機制を根源的なものとみなし、あらゆる母性的な病因論から独立するものと考えているようにおもわれる（母の役割の歪曲はむしろ、排除における父の無化の効果であろう）。だが、ラカンの示した展望のなかで、Piera Aulagnier, « Remarques sur la structure psychotique », *La Psychanalyse*, VIII は、母に、一種の能動的な象徴的行為者としての役割を回復させているようにおもわれる。

（★18）Reik, *Le Masochisme*, p. 25.

（★19）補遺III参照。

（★20） Maurice Blanchot, *Lautréamont et Sade*, p. 35.〔ブランショ『ロートレアモンとサド』前掲書、四五頁〕。

（★21） Reik, *Le Masochisme*, pp. 45-88.

（★22） 補遺Ⅱ参照。

（★23） 『共和国制度』の本質的なテーゼ。

（★24） 法の対象の把握しがたい性格について、カントとサドに同時にかかわるJ・ラカンの註釈を参照のこと。*Kant avec Sade* (Critique 1963).〔ジャック・ラカン「カントとサド」佐々木孝次訳、『エクリⅢ』所収、弘文堂、一九八一年〕。

（★25） Freud, *Malaise dans la civilisation*, tr. fr., Denoël, p. 60.〔フロイト『文化の中の居心地悪さ』嶺秀樹・高田珠樹訳、『フロイト全集20』所収、岩波書店、二〇一一年、一三八、一四二頁〕。

（★26） Th. Reik, *Le Masochisme*.〔pp. 137, 148〕。「マゾヒストは、処罰とその失敗を露骨にひけらかす。たしかにマゾヒストは服従を示すのだが、苦痛にもかかわらず快を得ていることを明示することで、不屈の叛逆をも示すのだ……。マゾヒストが外部から打ちのめされることなどありえない。マゾヒストには、処罰を耐え抜く無限の力がそなわっており、同時に、じぶんが打ち負かされないということを意識下で知りつくしているのだ」(pp. 134, 151)。

（★27） *Revue Bleue*, 1888.

（★28） 農耕の主題と近親姦の主題との結びつき、それに犂の役割について、*Mythe tragique de « L'Angelus » de Millet*, Pauvert éd. における、サルヴァドール・ダリの卓抜な文章を参照のこと。

（★29） マゾッホの中篇は、サバタイ・ツヴィの実際の生涯をかなり忠実にたどっている。ツヴィの生涯の物語は、〔ハインリヒ・〕グレーツの『ユダヤ人の歴史』に記されているが、グレーツはこの主人公の歴史的な重要性を強調している（第五巻、第九章）。〔同章の題名は「バルーフ・スピノザとサバタイ・ツヴィ（一六六六—一六七八年）」。本文中の引用は、Sacher-Masoch, « Sabbathai Zewy (1666) », in *L'Amour cruel à travers les âges. La Czarine noire et autres contes*, tr. fr. D. Dolorès, Charles Carrington, 1907, p. 389 の語句を若干改変したもの〕。

（★30）一八六九年一月八日付の書簡、弟カール宛て〔Wanda de Sacher-Masoch, *Confession de ma vie, op. cit.*, pp. 253-254〕。

（★31）B・グランベルジェ（B. Grunberger）は、« Esquisse d'une théorie psychodynamique du masochisme » (*Revue française de psychanalyse* 1954) において、マゾヒズムのエディプス的解釈すべてを斥ける。だが、「エディプス的な父殺し」に対して、父の去勢への前性器的な欲望を対置し、それこそが、マゾヒズムの真の源泉だろうというのだ。いずれにせよ、母性的‐口唇的な病因論が斥けられている。

（★32）Cf. « Les Pulsions et leurs destins » (1915), tr. fr., in *Métapsychologie*, NRF, p. 46.〔フロイト「欲動と欲動運命」、『フロイト全集14』所収、前掲書、一七九—一八〇頁〕。

（★33）グランベルジェによって提案されたこの第二の説明は、マゾヒズムを前エディプス的な源泉に関連づけている。

（★34）これら三つの側面は、一九二四年の論文「マゾヒズムの経済論的問題」において、形式的に区別されている（tr. fr., *Revue française de Psychanalyse*, 1928〔「マゾヒズムの経済論的問題」本間直樹訳、『フロイト全集18』所収、岩波書店、二〇〇七年〕）。だが、これら三つの側面は、第一の解釈の展望にもすでに姿をあらわし、示唆されているものだ。

（★35）Reik, p. 168.

（★36）Musil, *L'Homme sans qualités*, Éd. du Seuil, t. IV, p. 479.〔ローベルト・ムージル『特性のない男6』

高橋義孝・浜田正秀訳、新潮社、一九六六年、一一二―一一三頁〕。

（★37）Klossowski, *Un si funeste désir*, NRF, p. 127.〔クロソウスキー『かくも不吉な欲望』大森晋輔・松本潤一郎訳、河出文庫、二〇〇八年、一四一頁〕、*La Révocation de l'édit de Nantes*, Éd. de Minuit, p. 15.〔『ナントの勅令破棄』、『歓待の掟』所収、若林真・永井旦訳、河出書房新社、一九八七年、一三頁〕。

（★38）Cf. Freud, *Le Mot d'esprit et ses rapports avec l'inconscient*, NRF.〔フロイト『機知――その無意識との関係』、『フロイト全集8』中岡成文・太寿堂真・多賀健太郎訳、岩波書店、二〇〇八年〕。

（★39）Cf. Daniel Lagache, « La Psychanalyse et la structure de la personnalité », *La Psychanalyse*, nº 6, pp. 36-47.

訳注

（◆1）Cf. Thérèse Bentzon, « Un Romancier galicien : Sacher-Masoch, sa vie et ses œuvres », in *Revue des deux mondes*, 15 décembre 1875.

（◆2）ドストエフスキー『虐げられた人びと』小笠原豊樹訳、新潮文庫、一九七三年、二四八頁。

（◆3）マルキ・ド・サド『ソドムの百二十日』佐藤晴夫訳、青土社、一九九〇年、三三頁。

（◆4）バタイユ『エロティシズム』酒井健訳、ちくま学芸文庫、二〇〇四年、三二二頁。

（◆5）サド『ジュリエット物語又は悪徳の栄え』佐藤晴夫訳、未知谷、一九九二年、二五七頁。

（◆6）Sacher-Masoch, *La Femme séparée*, tr. fr. A.-C. Strebinger, E. Dentu, 1881, p. 218.

（◆7）ザッヘル＝マゾッホ『毛皮を着たヴィーナス』種村季弘訳、河出文庫、一九八三年、七四頁。ドゥルーズは『ザッヘル＝マゾッホ紹介』の原書に併録されている、ウィルムによる仏訳の語句を変更している。

(◆8)『毛皮を着たヴィーナス』前掲書、二〇頁。ドゥルーズはウィルムによる仏訳の語句を変更している。マゾッホが参照しているのは、ゲーテ『ファウスト』第一幕、第三五三四—三五三五行。

(◆9) Sacher-Masoch, *La Femme séparée*, *op. cit.*, p. 185.

(◆10) サド『ジュリエット物語又は悪徳の栄え』前掲書、七二六頁。ただし該当箇所は同書では訳出されていない。

(◆11) サド『ジュリエット物語又は悪徳の栄え』前掲書、四九二頁。

(◆12) サド『ジュスチーヌ物語又は美徳の不幸』佐藤晴夫訳、未知谷、一九九一年、二九二—二九三頁。

(◆13) Sacher-Masoch, *La Femme séparée*, *op. cit.*, p. 72.

(◆14) サド『ジュリエット物語又は悪徳の栄え』前掲書、六二五頁。サドの原文では第一文と第二文のあいだに文章があるが、引用では省略されている。

(◆15) サド『ソドムの百二十日』前掲書、二六〇頁。

(◆16) サド『ジュスチーヌ物語又は美徳の不幸』前掲書、二七三頁。ただし、引用後半部は同書では訳出されていない。

(◆17) レオポルト・フォン・ザッハー＝マゾッホ『魂を漁る女』藤川芳朗訳、中公文庫、二〇〇五年、四五〇頁。

(◆18) サド『ジュリエット物語又は悪徳の栄え』前掲書、二五五頁。ただし該当箇所は同書では訳出されていない。

(◆19) Sacher-Masoch, « Eau de jouvence », in *L'Amour cruel à travers les âges. La Pantoufle de Sapho et autrex contes*, tr. fr. D. Dolorès, Charles Carrington, 1907, p. 113.

(◆20) ザッヘル＝マゾッホ『毛皮を着たヴィーナス』前掲書、三四—三五、三七頁。

（◆21）ザッヘル＝マゾッホ『毛皮を着たヴィーナス』前掲書、二二一頁。

（◆22）ザッヘル＝マゾッホ『毛皮を着たヴィーナス』前掲書、二二三頁。

（◆23）L・ザッヘル＝マゾッホ「醜の美学」、『残酷な女たち』所収、池田信雄・飯吉光夫訳、河出文庫、二〇〇四年、一九二―一九三頁。

（◆24）Sacher-Masoch, « Martscha », in *Les Batteuses d'hommes*, R. Dorn, 1906, p. 60.

（◆25）Sacher-Masoch, « Lola », in *Fouets et Fourrures*, Le Castor Astral, 1998, pp. 27-28.

（◆26）レオポルト・フォン・ザッハー＝マゾッホ『聖母』藤川芳朗訳、中央公論新社、二〇〇五年、一七頁。

（◆27）サド『ジュスチーヌ物語又は美徳の不幸』前掲書、四〇九頁。

（◆28）ザッヘル＝マゾッホ『毛皮を着たヴィーナス』前掲書、一七―一八頁。

（◆29）ザッヘル＝マゾッホ『毛皮を着たヴィーナス』前掲書、一〇―一一頁。

（◆30）フロイト「小箱選びのモティーフ」須藤訓任訳、『フロイト全集12』所収、岩波書店、二〇〇九年、三〇五―三〇六頁。

（◆31）フロイト「ある幼児期神経症の病歴より〔狼男〕」須藤訓任訳、『フロイト全集14』所収、岩波書店、二〇一〇年、六六頁。

（◆32）Wanda de Sacher-Masoch, *Confession de ma vie*, tr. fr. Tchou, 1967, p. 93.

（◆33）ザッヘル＝マゾッホ『毛皮を着たヴィーナス』前掲書、一八九頁。

（◆34）サド『ジュリエット物語又は悪徳の栄え』前掲書、二〇九頁。

（◆35）サド『ジュリエット物語又は悪徳の栄え』前掲書、二五三頁。

（◆36）ザッヘル＝マゾッホ『毛皮を着たヴィーナス』前掲書、一七八―一七九頁。

(◆37) ザッヘル゠マゾッホ『毛皮を着たヴィーナス』前掲書、一七三頁。

(◆38) サド『ジュリエット物語又は悪徳の栄え』前掲書、六〇二頁。

(◆39) サド『閨房の哲学』佐藤晴夫訳、未知谷、一九九二年、一五二頁。

(◆40) フロイト『文化の中の居心地悪さ』嶺秀樹・高田珠樹訳、『フロイト全集20』所収、岩波書店、二〇一一年、一四三頁。

(◆41) サド『ジュリエット物語又は悪徳の栄え』前掲書、六八八頁。

(◆42) サド『ジュリエット物語又は悪徳の栄え』前掲書、六九〇頁。

(◆43) サド『ジュリエット物語又は悪徳の栄え』前掲書、六九〇頁。

(◆44) ザッヘル゠マゾッホ『毛皮を着たヴィーナス』前掲書、一五八―一五九頁。

(◆45)『創世記』第四章第一三節参照。

(◆46)『マルコによる福音書』第一五章第三四節参照。

(◆47) ザッハー゠マゾッホ『聖母』前掲書、一四三、二〇五、二一一頁。

(◆48) ザッハー゠マゾッホ『聖母』前掲書、二三〇頁。

(◆49) Sacher-Masoch, *La Femme séparée*, *op. cit.*, p. 221.

(◆50) Sacher-Masoch, « Sabbathai Zewy (1666) », in *L'Amour cruel à travers les âges. La Czarine noire et autres contes*, tr. fr. D. Dolorès, Charles Carrington, 1907, p. 357.

(◆51) *Ibid.*, p. 385.

(◆52) Théodore Reik, *Le Masochisme*, tr. fr. Matila Ghyka, Payot, 1953, p. 28.

訳者あとがき

本書は、Gilles Deleuze, *Présentation de Sacher-Masoch*, Minuit, 1967 の翻訳である。原書では、ドゥルーズによる「ザッヘル゠マゾッホ紹介――冷淡なものと残酷なもの」と、「補遺」とのあいだに、オード・ウィルムによる『毛皮を着たヴィーナス』の仏訳が収められているが、すでに種村季弘訳（河出文庫、新装版、二〇〇四年）が存在していることもあり、本書では訳出していない。また、ドゥルーズによる冒頭の「序」は、全体がイタリック体で書かれているが、本書では煩雑さを避けるため、立体にしてある。『毛皮を着たヴィーナス』の訳を掲載していないために、本訳書では見えにくくなっているが、この「序」はおそらく、マゾッホのテクストをふくめたこの書物全体にとっての「序」として位置づけられていることも、あわせて記しておきたい。

『ザッヘル＝マゾッホ紹介』は、マゾッホ論、マゾヒズム論として、いまや古典といってよい地位を占める作品であり、ここまで決定的な影響を及ぼしたものは、少なくともフランスではこの本以降まだ出版されていない。またフランス以外でも、西成彦によるなら、「こんにち、マゾッホを取り上げようという者たちのすべては、この書物（＝『ザッヘル＝マゾッホ紹介』）の誕生をいかに祝福してもたりないと思う。これは、ドイツ語圏の諸国においてさえそうなのであり、いまわれわれが手にすることのできるマゾッホ関係の書物のすべては、長い忘却の歴史のなかからこの十九世紀作家を掘り起こし、現代的復権を試みた書物に対するそれぞれの応答にすぎないからだ」[1]。フランスにおいて、マゾッホの作品と、かれに関連する一連の作品（ワンダやシュリヒテグロルの著作）の翻訳が、再刊もふくめ、新たに刊行されつつあった一九六七年に出版された本書の特徴は、その異様なほど淡白で、慎み深い題名にすでにあらわれている。つまり、マゾヒズムについて多くの人々が語っているが、しかし、マゾッホの作品はあらためて「紹介」されねばならないほど、ほとんど知られていない、かれの作品を忘却している既存の言説はほぼすべて的外れなものにすぎない、それゆえマゾッホを読まねばならない、マゾヒズムを語るにしてもかれの作品そのものを読むことから出発せねばならない……。[2] つまり、この慎みにあふれた題名じたいが、一個の挑発として企図されたものなのである。

そしてマゾッホ読解の際に必要な作業こそが、マゾッホとマゾヒズムを、サドとサディズムから徹底的に分離するということであった。いわゆる「サド＝マゾヒズム」は、マゾッホへ向けられるまなざしを曇らせてしまう。サディズムと口にしようものなら、その次にお決まりのペアとしてマゾヒズムが出てきてしまう状況が、本書では執拗ともいえるしかたで拒絶され――ドゥルーズの論文を構成する全十一節において、新たな主題があらわれるたびに、その都度、この分離が繰り返される――、マゾッホとマゾヒズムの有する独自の権利、独自の兆候学的なまなざしが強調される。したがって、すでに刊行されていたクロソウスキーやブランショやラカンのサド論と並びうるマゾッホ論が書かれねばならないということが、当時のドゥルーズの問題意識であったにちがいない。そして、不当に混ぜこぜにされてしまっているもののうちに、切断の線を引き、本性の差異にしたがって裁断しなおすことこそ、「概念の創造」にほかならないとするなら、サディズムとマゾヒズムの分離こそ、かれらの小説とともに文学的に創造された、批評的かつ臨床的な「概念」なのである[3]（たとえ一体性を分解するためであれ、両者をたえず並べ、比較することによって、逆説的に、あたかもマゾッホとサドがペアであるかの如くおもえてきてしまうと、のちに指摘されることになるとしてもである――ちなみに、一九九三年刊行の『批評と臨床』所収の「マゾッホを再び紹介する」では、サドへの言及は一切見られない。おそらく、そうする必要すらなくなったのである）。

では、マゾッホとマゾヒズムの独自性を主張するために、かれはどのような方途を取るのか。ドゥルーズは、サディズムとのカップリングと同時に、苦-快の繋がりや、苦痛そのものを快とするというマゾヒズムの通俗的なイメージを解体しながら、「苦痛の活用」、「苦痛の使用法」に着目してゆく（「快楽の活用」、「快の使用法」ではなく）。ここで注目すべきは、「苦痛の使用法」は、マゾヒズムにおける苦痛そのものを焦点とするのではなく、むしろ、苦痛（さらには苦痛を与える暴力）を取り巻き、それを条件づけている形式に着目する、という点である。ドゥルーズ自身の言葉によるなら、たとえば、「苦痛は、その使用法を条件づける反復形式との関係ではじめてその価値を獲得する」という具合に、もはや苦痛は第一のものではないのである。

たんなる能動／受動、加虐／被虐のような素朴なものには還元しえない、この苦痛の使用法の体制のちがいこそが、マゾッホとサドを切り分ける兆候学的な線にかかわってくる。すなわち、反復形式をめぐっては、マゾッホの「宙吊り－凝固－期待＝待機」（否認）が、サドの「累積－加速－投射」（否定）と本性を異にするものとして取り出されるわけであり、また、言語－法をめぐっては、マゾッホの「説得－契約－法」（弁証法＝対話法）が、サドの「論証－命令－制度」（孤独な思弁的論証）と対蹠的なものとして描きだされる。そして、こうしたすべてが、ふたりの小説技法の構造そのものによって二重化されるのである（ちょうど、『カフカ』において、権力構造をめぐる問いが、小説技法によって二重化されるように）。すなわち、身体を宙吊りにされ、磔にされること、鞭打ちを鏡に映しだし凝固させること、いつ振り下ろされるやもしれぬ宙吊りにされた鞭による苦痛を予期して待つ瞬間をこそ味わいおののくこと、苦痛が条件づける快の到来をたえず先送りにし、その引き延ばし状態を生きることで、そこから別種の快を呼び寄せること、そのために苦痛を与えてくれるよう女性を説得し、契約を結ぶこと（マゾッホ）。暴力的で猥褻な描写を急速度で積み重ねること、暴力を加速させ、それをおびただしい数の犠牲者に向け投射し、冷淡に実行すること、見せかけの対話を嘲笑う論証を長々と繰り広げ、アナーキーな制度のもとで絶対的な命令を下すこと、夢を破壊すること（サド）。

こうした点は同時に、「法」をめぐる「アイロニー」（法から原理への遡行と書き換え、下方へのその波及）と「ユーモア」（法からの対抗的帰結の徹底的導出、上方への打ち返し）とのかかわりで[4]、暴力の裏をかく術のちがいにもかかわってくる。とりわけマゾヒズムは、暴力を蒙る側に身を置く者が、暴力を振るう側、暴力を正当化し合法化する側へといかに介入するか、そしてその暴力をいかに変質させるか、という戦略を思考するものである。振るわれる暴力がめざしていた目的（たとえば相手を屈服させること）をいかに反転させるか、暴力の合法性の基礎じたいが茶番めいた嘲弄すべきものであることをいかにあらわにするか。この観点から、本書を暴力論として、あるいは残酷性の起動を倒錯的かつ文化的に方向転換する技法論として読むこともできるだろう。それはおそらく、ドゥルーズが別のところで、ニーチェやアルトーらを引き合いにだしつつ、「残酷性の体系」や「残酷演劇」と呼んでいたものとも響きあうものである[5]（マゾッホとアルトーがテクスト上でもっとも近接するのは、『千のプラトー』第六プラトーにおける「器官なき身体」論である）[6]。

どんな苦痛でもよいとか、どんな残酷性でもよいとか、だれが暴力を振るってもよいといった、暴力をめぐる虚無主義や相対主義の愚かさを斥けるこの技法は、厳密な手順、目的の倒錯、契約の利用、道具や手段の演劇性、身体への苛酷な処置、それらを二重化する言語の用法といった諸要素を統合しながら、糸を縫うように細い道をとおって、苦痛と残酷性の精緻に限定された活用法を提起するものである。本書においてドゥルーズは、暴力の完全な廃絶という立場よりむしろ、暴力の愚かさに対抗する別様の暴力の上演法を――その別様の暴力をさらに宙吊りにすることまでふくめて――、ほとんど即物的とすらいえるしかたで、細部に到るまで考えていたようにおもわれる（とくにマゾヒズムの場合。これは、象徴界から排除されたものが、演劇化されぬままに乱暴に侵入してくるという図式を奨励するものが、「「野蛮な」精神分析」として斥けられることとパラレルである）[7]。それゆえ本書において「幻想」をめぐって展開される議論は、同時期に執筆されたクロソウスキー論の題名「身体－言語」にならって、「身体－幻想」ないし「皮膚－幻想」とでも呼びうる身体性を帯びたもの、身体を幻想で裏打ちし／幻想を身体で裏打ちするものであって、非身体的な「意味」の純粋に表層的な戯れとは区別されるべきものだろう

（一九九三年の「マゾッホを再び紹介する」の結語が、「身体－言語、すなわちマゾッホの作品」であったことを想起しておこう）。周知のように、六十年代後半のドゥルーズは「倒錯」を重視していたが――代表的なのが、六七年の本書と六九年の『意味の論理学』である――、ただし同じ「倒錯」をめぐる議論といっても、マゾッホの「幻想」とルイス・キャロルの「表層」とのあいだには、いうまでもなく、倒錯をめぐるまったく異なるふたつの体制がある。マゾッホ論はおそらく、表層／深層、意味／身体のあいだの隙間に、それじたい宙吊りにされ、両極のあいだを揺れ動いている。

　ところで、マゾッホにおいて苦痛そのものから離れ、苦痛と暴力をいかに特異なしかたで活用するかという、苦痛と暴力の使用法を取り巻くこうした諸装置へと分析の焦点を移してゆくにあたって、ドゥルーズが、フロイトよりむしろ、テオドール・ライクを参照していることは、本文からもあきらかである。たとえば、空想、宙吊り、露骨な誇示あるいは演劇性、説得、嘲笑、快を禁じる処罰による快の獲得、叛逆と不服従といった論点を、ドゥルーズは無数の迂回をはらむライクの著作から抽出し、ときにライクとは別の文脈に置きなおしながら、尖鋭化し、再配備する。[8]

そして、マゾヒズム理解をめぐるライクの優れた寄与を充分に認識しながら、ドゥルーズはそこに「契約」をくわえ前面に押し出したことを、本書の大きな特徴のひとつとして挙げるのである。

一方、フロイトは、「死の本能」論において決定的な役割を果たす。ドゥルーズは、『快原理の彼岸』における思弁を、さらに思弁的に徹底化させるかのようにして、フロイトの批判的な読み替えを行ってゆく。それは、「無底」という用語から推察されるように、シェリング『人間的自由の本質』における神の構成（に走る亀裂）の議論をおそらく踏まえつつ、「欲動」と「本能」を峻別することをとおして、生の欲動という混ざりものなしの「死の本能」の純度を、思弁的／神話的にいっそう高めてゆくかのように進行してゆくのである。ドゥルーズが徹底化するのは、闇と沈黙の強度であり、その際に、あらためて反復論が導入される。これは、『差異と反復』第二章、とりわけその精神分析論とあわせて読まれるべき議論だが、同時期の著作であるにもかかわらず、両者の反復概念が完全に重なり合うわけではない（なお本書では、« répétition »を「反復」、« réitération »を「反覆」と訳したが、両者の用法に根本的なちがいはない）。

本書の反復論において核になっているのは、反復される「項（＝快）」に「反復」が依存するという従属関係（反復されるべき快の再生産のために、快に従属するように、あとから付加される反復）を転倒させ、反復を第一のものとすること、すなわち「反復」をその「項」から自律させ、反復をカント的な意味で純粋化すること、である。こうして経験的なものから切り離され、なんらかの項、あるいはなんらかのしかたで先在する対象を再生産することがなくなった反復、無根拠的なものとなった反復が、マゾヒズム的な期待＝待機の時間性を巻き込み、時間の三つの次元（拘束、消去、産出という三つの時間機械）を巻き込みながら、現在や過去の体制と断絶した――「性愛もなく、財産もなく、祖国もなく、口論もせず、労働もせず……」――、新しい人間の再生誕（＝反復）へと接続されるのである。それは、おのれ自身の起源にさえ先行して再開される再生誕であろう（反復が、起源をふくめ、反復されるべきあらゆるものに先立つかぎりにおいて）。新しい人間の主題は、周知のように、初期の無人島論から、晩年の『批評と臨床』に到るまで、間歇的なしかたで、幾度も繰り返し取り上げられるものであり、おそらく、「その場での跳躍」（キルケゴールの有名な言によるなら、自己自身への生成変化）を経て、「その場での旅」のノマド論や「生成変化」論まで通じ、スピノザやニーチェを経てルサンチマンなき人間、自由な人間の産出まで通ずるものである。

こうした点にくわえ、ドゥルーズが本書で繰り返し示唆するように、マゾッホがたえず蜂起や革命に対する共感を示していたことも、逸することのできない重要な点である。一八四八年革命以前に、ガリツィアでは一八四六年二月に、ポーランド人領主による苛酷な賦役に抵抗する農民の蜂起があった。蜂起はまもなく鎮圧されたものの、マゾッホの父が、捕えられた指導者の処刑を回避するために介入したという逸話からもうかがえるように、かれの父も、そして作家自身も蜂起した人々に対する強い共感をもっていた。それればかりではない。一八四八年、マゾッホの父は、大臣の命によりプラハの警察長に就任し、一家は現地に移り住んだ。そしてヨーロヨーロッパ全土に瞬く間に広がった一八四八年革命が勃発すると、マゾッホ一家の住む邸——現在、プラハのブルガリア大使館になっている——が、革命派の集会所になったというのである。こうしてマゾッホ一家の邸には、汎スラヴ主義会議に出席するためにプラハにやって来ていたバクーニンをはじめとする、多くの人々が出入りすることになった。「体験記」では、ロシア皇后めいた男爵夫人（スラヴ人たちを統合する形象）に真っ先に拝跪したいと、バクーニン自身にいわせるという、マゾッホ好みの女帝と男性革命家の関係を描いてもいる。いずれにせよ、当時十二歳であったマゾッホは、革命家、アナーキストらと同じ屋根の下で過ごすことをいとわない警察長である父の姿勢もあって、革命の熱狂に間近でふれていた（この父は、文化的にきわめて洗練された、教養ある人物であり、そのせいもあってか、一時期仕事を与えられないこともあったようだ）。「体験記」のなかで、かれは当時のプラハについて次のように記している。

「一八四八年五月にプラハに到着したとき、真の意味で並外れた奇妙な光景が眼に飛び込んできた。まるでカーニヴァルのさなかのようであり、街全体が壮大な仮面舞踏会のようだった。この時代、ドイツ流の風習と制度に対する敵意は、その当時はドイツ的なものとおもわれていた、まさしくフランス的なヨーロッパの様式に対する敵意と同じくらい激しいものであった。オーストリア帝国の民族はそれぞれ、かつての衣裳を探しだし、着用しはじめていた。〔……〕偶然にも、私たちの家は、スラヴ系の宣伝活動《プロパガンダ》の、そしてしばらくしてからは、革命派の主要な集会所となっていた。この家のなかには、使われていない大きな部屋がいくつもあり、委員会が無数のスラヴ人の客、ポーランド人の複数の移民、セルビア人の司祭、そしてロシア人の煽動家にして、委員会の中心人物であるバクーニンを住まわせていた。／ほとんど毎晩、スラヴ人議員たちは、チェコ人の二家族を仲介に私たちとの親交を深め、私たちの家から庭に向かう階段の下で、集会を開いていた。そこに父が設置させた大きな机が、会合の中心になっていた。人々の一部はベンチや椅子に腰かけ、若者たちは毛皮をあしらった上着の娘たちと散歩していた。／こうして私たちは、ただちにこの運動の中心部に陣取ることになった。またチェコ人に対して大いに共感を覚えていた父は、私たちの眼前で、史上はじめて繰り広げられていったスラヴ人の考えに、心を奪われていた[10]」。

プラハにおいて武装蜂起が勃発すると、「バリケードが築かれているらしい。なにが起こっているか、見てこい！」と叫ぶ父にうながされて飛び出した街で、敷石がはがされてゆくさまを目撃し（邸周辺にもバリケードがあり、鎮圧部隊による砲撃の対象になる可能性もあったという）、銃を手にする農民、労働者、学生らの姿を目にした。さらには街中で銃撃戦に居合わせた際に、女性闘士を支援した自身の、いかにもマゾッホ的な体験についても語っている。「だれかが私に銃をわたした。

私はそれに弾をこめると、美しいアマゾネスに差しだした。かのじょが発砲するごとに、弾を装塡した銃をわたしつづけた。／戦闘に居合わせたのは、それがはじめてだった。まだ子どもだった私は、この闘争の原因を想像することもできず、また、その結果を予測することもできなかった。私は、眼前で展開される出来事の劇的な側面に興奮していた。それが、活発な想像力を激しく魅了したのだ。硝煙の漂うなかに響く発射音、銃から飛び出してゆく弾の乾いた音、ラッパの合図、太鼓の轟音、士官のよく響く指令、戦闘員の叫び、負傷者のうめき声が、陶酔するような感覚を与えた。／すぐそばでは、屍体が顔を敷石にうずめて転がっていた。濃紺の制服をまとったこの国民軍の兵士の右手には、銃にこめようとしていた弾が握られたままで、左手はひきつったように武器をつかんでいた。私たちの背後には、壁に寄りかかりながら、なんとか身体を支えるひとりのプロレタリアがおり、その額からは血が流れ落ちていた。／夜も更けたころ、私たちは帰宅した。深い沈黙が街を覆っており、雲ひとつない空には、無数の星が輝いていた」[11]。

かれの自伝全般にいえることだが、この幼少時の記憶の正確さについても、描写の真偽のほどについても定かではない。「まだ子どもだった私」には理解できなかったであろう、汎スラヴ主義をめぐる論争も「体験記」には記されている。だが、自伝における虚実の実態よりむしろ、かれが後年、そのように位置づけようとしたという、仮構的な事後性のほうが重要だろう。それゆえ、カフカにまで連なるプラハにおける、[12]ドイツ系住民（少数派にして支配的）とスラヴ系住民（多数派にしてマイノリティ）の同盟と決裂をはらみつつ、汎スラヴ主義というネーションを超える団結、農奴の労働賦役からの解放、言論の自由、チェコ語を使用する権利などをめぐって展開した一八四八年革命について、作家としての地位をすでに確立していたマゾッホが後年、重要な意義を与え、自身と革命とのあいだの親和性を再構築したという事実の重要性を看過してはならないだろう。一八四八年革命について、歴史家ホブズボームがいうように、「これほど急速・広範に、国境を越え、諸国を駆けめぐり、大海原をも越え、あたかも燎原の火のごとく広まった革命は、一つとして見られなかったのである。〔……〕ある意味で、それは、革命家たちがこれ以後夢見るところとなった、そして大戦争の余後のような、まれな機会《とき》には実現することも可能だとも考えた「世界革命」のいわば範例といったものだった。事実、このように大陸規模ないしは世界規模で同時に生じる爆発は、きわめてまれである。ヨーロッパに関しては、一八四八年の革命が、この大陸の「先進」地域と後進地域との双方に影響を及ぼした唯一の革命である」[13]。

ドゥルーズが、本書冒頭で真っ先に、農民の蜂起や革命にふれ、幾度もその点を喚起しているのも、マゾヒズムを、作家個人のたんなる性的嗜好や、私的な関係にもとづく倒錯的な遊戯に押し込めることなく、歴史的、社会的、政治的、地理的、言語的な圏域のなかに位置づけるためだろう[14]。かくしてドゥルーズは、マゾッホとマゾヒズムを、世界的‐歴史的な倒錯となすのである。マゾッホとマゾヒズムをめぐるドゥルーズの姿勢には、相応の変遷があるが、この点は晩年に到るまで、決してぶれることなく一貫している[15]。また、マイノリティと文学、抑圧された人民と言語という問題系についても同様であろう[16]。

ただ、ドゥルーズによるなら、マゾッホも、そしてサドも、革命が成し遂げたことを思考しようとしていたわけではかならずしもない。そうではなくかれらは、ある意味、「失敗」した革命の亀裂を真摯に検討することで、革命の原理への遡行をとおして別の革命を思考する思弁(「八九年の革命にかかわるアイロニーに満ちた思考」)と、革命の帰結の深化による別の革命をおもい描く想像力(「一八四八年革命にかかわるユーモアに満ちた思考」）を、徹底させるべく作品を書いたというのである。「スラヴ人よ、革命的でありたければさらなる努力を」――ドゥルーズがサドの定式を借りながら、マゾッホ読解に注入するのは、かれとともに革命を思考せよという命法であり、また、かれとともに新たな抵抗行為を再配備せよという命法である。[17]

＊

最後に、翻訳の作業についてふれておきたい。引用は、本書の文脈の都合上、基本的にすべて訳者自身が訳しているが、その際に、日本語訳があるものはすべて参照させていただいた。なお、フランス語以外の文献からの引用についても、ドゥルーズのもちいるフランス語訳から訳出してある。本書の先行訳として、蓮實重彥訳『マゾッホとサド』（晶文社、一九七三年）とともに、英語訳 *Masochism: Coldness and Cruelty*, translated by Jean McNeil, Zone Books, 1991 を参照した。とりわけ、蓮實訳にかんしては、逐一訳文の対照を行い、拙訳の多くの誤りを正すことができた。

また、いくつかの訳語はそのまま使用させていただいている。晶文社版『マゾッホとサド』は、ドゥルーズの著作の初めての日本語訳であり、文学、哲学、批評、精神分析、政治など、きわめて幅広い主題を論ずるという性格上、非常に多くの読者によって受容されてきた著作である。訳者自身も、幾度も読み返し、長年にわたって親しんできている。ここであらためて蓮實重彦氏に御礼申し上げたい。まもなくこの手を離れようとしている今回の新訳が、今後どのような読者と出会い、どのように受容されるかについては、訳者として、おののきながら見守るほかない。河出書房新社の阿部晴政氏には、『ドゥルーズ 書簡とその他のテクスト』につづき、お声をかけていただいた。心より御礼申し上げたい。

注

（1）西成彦『マゾヒズムと警察』筑摩書房、一九八八年、Ⅱ頁。

（2）この意味で、本書に先立って一九六一年に刊行された論文が、「ザッヘル＝マゾッホからマゾヒズムへ」（『ドゥルーズ 書簡とその他のテクスト』所収、宇野邦一・堀千晶訳、河出書房新社、二〇一六年）と題されていることも、示唆的な点であろう。同論文はすでに、本書の重要な論点のいくつかを展開している。

（3）ドゥルーズは、刊行するに値する書物の条件として、それまで放置されてきた「誤謬」を修正し、「忘却」されていた事柄をふたたび甦らせ、「新たな概念」を創造するという三つを挙げる。『ザッヘル＝マゾッホ紹介』を、その刊行からおよそ二十年後に振り返った書簡において、かれは次のように語っている。「誤謬は、苦痛を強調してきたことです。忘却は、契約の重要性が無視されてきたことです（私にとってこの本の成功は、これ以降誰もがマゾヒストの契約について語るようになったことです。それまできわめて付随的な主題として扱われてきたのですが）。新しい概念は、サディズムとマゾヒズムの分離です」（『ドゥルーズ　書簡とその他のテクスト』前掲書、一二六頁）。

（4）カント『実践理性批判』の議論を徹底化させつつ、カフカを呼び込み（「カントとサド」ならぬ「カントとカフカ」）、「法」を「形式」として読解するという身ぶりを、ドゥルーズ、そしてドゥルーズとガタリは変奏した。たとえば、ドゥルーズ、ガタリ『カフカ――マイナー文学のために〈新訳〉』宇野邦一訳、法政大学出版局、二〇一七年、八六頁以下、ドゥルーズ『批評と臨床』守中高明・谷昌親訳、河出文庫、二〇一〇年、七三頁以下を参照のこと。本書のなかで、「法、ユーモア、アイロニー」は、否認論をふくむ「描写の役割」や、思弁を徹底させる「死の本能とはなにか」と並んで、もっとも有名な箇所であり、ドゥルーズ自身、エリアス・サンバールに依頼されて、自身のテクストからの抜粋をみずから選ぶことになったとき、本書からは「法」をめぐるこの一節を挙げていた（『ドゥルーズ　書簡とその他のテクスト』前掲書、一三五頁参照）。アイロニー／ユーモアにかんしては同様に、ドゥルーズ『差異と反復』財津理訳、河出文庫、二〇〇七年、上巻・三〇―三一、三四―三六頁、ドゥルーズ『意味の論理学』小泉義之訳、河出文庫、二〇〇七年、上巻・二三六―二四七頁、ドゥルーズ、パルネ『ディアローグ　ドゥルーズの思想』江川隆男・増田靖彦訳、河出文庫、二〇一一年、一一六―一一八頁参照。

(5) ドゥルーズ、ガタリ『アンチ・オイディプス　資本主義と分裂症』宇野邦一訳、河出文庫、二〇〇六年、上巻・二七一—二七三、三五九—三六一頁、ドゥルーズ『批評と臨床』前掲書、二六〇—二八〇頁参照。いずれのテクストも、本書中の「死の本能とはなにか」で言及される、ニーチェ『道徳の系譜』第二論文を下敷きにしている。

(6) この点をめぐって、本書ではサド゠スピノザと峻別されるマゾッホが、『千のプラトー』ではなぜ、アルトー゠スピノザとかくも近接しうるのか、というスピノザ主義問題が提起されるだろう。あるいはマゾヒズムの規定が変化したのか、あるいはそこで語られる「スピノザ」が同じものではないのか、あるいは精神病／倒錯、現実界／象徴界／想像界をめぐる再配備が起こったのか、あるいはそのいずれでもあるのか。いずれにせよ、本書におけるふたつの《自然》をめぐる議論全体が、クロソウスキーばかりでなく、スピノザを踏まえているのはあきらかであり、スピノザ主義の原理（一次的自然）に、ラディカルな悪と本源的なアナーキズムを書き込んだうえで——原理への遡行とその書き換え——、その帰結（二次的自然）へ向けて、サドを一気に駆け抜けさせている。クロソウスキー自身によるスピノザとサドの関連づけについては、フランスにおけるサド論を一新したといわれる『わが隣人サド』豊崎光一訳、晶文社、一九六九年、一二七、一二八—一二九頁参照。

(7)『エクリ』の翌年に刊行された本書は、ドゥルーズがラカンを引用して論じた最初の著作だが、象徴界を重視する六十年代のラカン思想をひとまず踏襲しているといえる（周知のように、のちにドゥルーズとガタリは、現実界の一元論へと転回する）。なお本書原注17で引用される否認論が掲載された、*La psychanalyse*（PUF）の第一号は、一九五六年刊行である。ドゥルーズの教師であったイポリットが、ラカンのセミネールに参加していたこともあり、ドゥルーズは遅くとも五十年代半ばにはラカンを読んでいたことが推察され、それはドスによる伝記の記述——大学教員になる前のドゥルーズがリセでラカンを教えていた――とも時期的に符合する。『精神分析』の同号には、同じくラカンによる「精神分析における話と言語活動の機能と領野」も掲載されている。フランソワ・ドス『ドゥルーズとガタリ　交差的評伝』杉村昌昭訳、河出書房新社、二〇〇九年、一二〇頁参照。

（8）Cf. Théodore Reik, *Le Masochisme*, tr. fr. Matila Ghyka, Payot, 1953, pp. 48, 59, 66, 82, 134, 148, 151. ところで、ライクが論じるのは、かれ自身も述べるように、主に男性のマゾヒズムなのだが、ドゥルーズの議論も基本的に、マゾッホの小説にならって、男性のマゾヒズムである点を指摘しておきたい。もちろん時代的な制約があるにせよ、本書全体が、その細部もふくめ、過剰かつ無防備にジェンダー化されている点は否めない。とりわけ、女性のイメージをめぐる記述（たとえば、女性＝母＝出産という連想）、そして異性愛規範と同性愛嫌悪には注意が必要だろう。

（9）ドゥルーズ「無人島の原因と理由」、『無人島 1953-1968』所収、前田英樹監修、河出書房新社、二〇〇三年、二〇―二二頁。

（10）Sacher-Masoch, « Choses vécues », in *Revue bleue*, 25 août 1888, pp. 249-250. バクーニンの印象について、pp. 250-252 参照。

（11）Sacher-Masoch, « Choses vécues », in *Revue bleue*, 9 mars 1889, p. 312.

（12）マゾッホとカフカの比較について、ドゥルーズ、ガタリ『カフカ――マイナー文学のために〈新訳〉』前掲書、一三三―一三五頁参照。

（13）E・J・ホブズボーム『資本の時代Ⅰ』柳父圀近・長野聰・荒関めぐみ訳、みすず書房、一九八一年、一二一―一二三頁。革命前史もふくめたチェコの情況については、スタンレイ・Z・ペフ『チェコ革命 1848年』山下貞雄訳、牧歌舎、二〇一一年参照。

（14）同様に、『ザッヘル＝マゾッホ紹介』刊行直後のインタヴューを参照のこと。ドゥルーズ「神秘家とマゾヒスト」、『無人島 1953-1968』所収、前掲書、二七七頁以下。

(15) 本書以降の変遷について、ドゥルーズは、ガタリとの共同作業を経るなかで、「快」の概念をいっそう強く回避するようになる。周知のように、フーコー＝快／ドゥルーズ＝欲望という分布図を生みだすこの転回によって、ドゥルーズは、マゾッホ読解においても、肯定的なしかたで「快」に言及することが一切なくなる。たとえば、快を禁じる手段によって、逆説的に、快を獲得するという線も斥けられ、来たるべきものとして快を設定することも回避されるのである。また「快」と同様に、本書の鍵となる「幻想」の概念も全面批判の対象となり、「演劇性」の概念全般も批判の対象となる（『アンチ・オイディプス』において、「無意識＝劇場」から「無意識＝工場」への、「上演」から「生産」への移行が行われる）。こうした変更は、ブルジョワ個人主義－家族主義イデオロギーとしての精神分析を徹底批判し、それを唯物論化するという全般的な計画のもとでなされている。たとえば、「アレンジメント」（「マゾヒズムのアレンジメント」）は、そうした唯物論化の操作子であろう。マゾヒズムをめぐって新たに出てくる論点が、内在的な欲望のプロセスの構成――快はこれを中断してしまう超越的な項とされる――、器官なき身体の構成、動物への生成変化、言語の脱領土化といった点である。一方、兆候学（「記号の体制」とも呼ばれるようになる）、契約と宙吊り、マイノリティ、革命と抵抗といった観点は、そのまま引き継がれてゆくのである。上記の点について、ドゥルーズ、パルネ『ディアローグ ドゥルーズの思想』前掲書、一六七―一七三頁、ドゥルーズ、ガタリ『千のプラトー 資本主義と分裂症』宇野邦一・小沢秋広・田中敏彦・豊崎光一・宮林寛・守中高明訳、河出文庫、二〇一〇年、中巻・二〇六頁、ドゥルーズ『批評と臨床』前掲書、一一六―一二一頁を参照のこと。

(16) マゾッホの小説群は、文化的な混淆が起こるヨーロッパの東方、ロシアの西方、トルコやギリシャの北方にある一帯を、まるで渦巻きのようにして巻き込みながら着想されたものであった（小説の多岐にわたる舞台ばかりでなく、人名の多様性もまた、そのことを証している）。ドイツ語作家であるマゾッホが描きだしたのは、決して「ヨーロッパ」なるものの「中心」ではなく、むしろその「辺縁」であり、ヨーロッパがその外部へと向けてほどけてゆき、ヨーロッパにとっての異郷が、他者が浸透する場所をこそ、ドイツ語世界のなかに挿し込んでいったのである。かれの作品は、辺縁から世界を見つめ、被抑圧者の傍らに、マイノリティの傍らに身を置く、いわばマイナーなコスモポリタン文学であった。また、ドゥルーズとガタリが、マゾッホを「マイナー文学」として位置づける際の背景となるのが、マゾッホの置かれた言語環境だろう。マゾッホは、まず乳母とのかかわりのなかでルテニア語（ウクライナ語）を話すようになり、次いで両親が会話にもちいていたフランス語を幼少期に覚え、生まれ故郷レンベルク（現在のウクライナ西部のリヴィウ）の街中で話されていたポーランド語を習得した。一方、かれが執筆にもちいたドイツ語については、プラハに移住した十二歳の時点よりあとで身につけたのではないかと、マゾッホの伝記のなかでベルナール・ミシェルは推察している（プラハの教育機関は当時ドイツ語をもちいていた）。Cf. Bernard Michel, *Sacher-Masoch (1836-1895)*, Robert Laffont, 1989, p. 34. つまり、現地のマジョリティの言語を話さずにいることの不可能性ゆえに、あとからドイツ語を習得し、それを作品にもちいるようになったのではないか、というのである。言語に対するこうした遅れとねじれと距離こそが、マイノリティという主題と絡めながら、マゾッホのドイツ語の「吃り」ないし「口ごもり」を、ドゥルーズが論ずる際の基盤となる。

（17）ドゥルーズ『記号と事件』宮林寛訳、河出文庫、二〇〇七年、二八八頁。「こうしてマゾヒズムは、少数民族《マイノリティ》に特有のユーモアから切り離せない抵抗行為となる」。

本書は本文庫のための訳し下ろしです。

Gilles DELEUZE : “PRÉSENTATION DE SACHER-MASOCH. Le froid et le cruel”
© 1967 by Les Éditions de Minuit
This book is published in Japan by arrangement with Les Éditions de Minuit,
through le Bureau des Copyrights Français, Tokyo

ザッヘル＝マゾッホ紹介《しょうかい》
冷淡《れいたん》なものと残酷《ざんこく》なもの

二〇一八年 一 月二〇日 初版発行
二〇二四年 八 月三〇日 3刷発行

著 者 G・ドゥルーズ
訳 者 堀千《ほりち》晶《あき》
発行者 小野寺優
発行所 株式会社河出書房新社
〒一六二－八五四四
東京都新宿区東五軒町二－一三
電話〇三－三四〇四－八六一一（編集）
〇三－三四〇四－一二〇一（営業）
https://www.kawade.co.jp/

ロゴ・表紙デザイン 粟津潔
本文フォーマット 佐々木暁
本文組版 株式会社キャップス
印刷・製本 大日本印刷株式会社

落丁本・乱丁本はおとりかえいたします。

本書のコピー、スキャン、デジタル化等の無断複製は著作権法上での例外を除き禁じられています。本書を代行業者等の第三者に依頼してスキャンやデジタル化することは、いかなる場合も著作権法違反となります。

Printed in Japan ISBN978-4-309-46461-9

毛皮を着たヴィーナス

L・ザッヘル＝マゾッホ　種村季弘〔訳〕　46244-8

サディズムと並び称されるマゾヒズムの語源を生みだしたザッヘル＝マゾッホの代表作。東欧カルパチアとフィレンツェを舞台に、毛皮の似合う美しい貴婦人と青年の苦悩の快楽を幻想的に描いた傑作長篇。

残酷な女たち

L・ザッヘル＝マゾッホ　飯吉光夫／池田信雄〔訳〕　46243-1

八人の紳士をそれぞれ熊皮に入れ檻の中で調教する侯爵夫人の話など、滑稽かつ不気味な短篇集の表題作の他、女帝マリア・テレジアを主人公とした「風紀委員会」、御伽噺のような奇譚「醜の美学」を収録。

食人国旅行記

マルキ・ド・サド　澁澤龍彥〔訳〕　46035-2

異国で別れた恋人を探し求めて、諸国を遍歴する若者が見聞した悪徳の国と美徳の国。鮮烈なイマジネーションで、ユートピアと逆ユートピアの世界像を描き出し、みずからのユートピア思想を体現した異色作。

恋の罪

マルキ・ド・サド　澁澤龍彥〔訳〕　46046-8

ヴァンセンヌ獄中で書かれた処女作「末期の対話」をはじめ、五十篇にのぼる中・短篇の中から精選されたサドの短篇傑作集。短篇作家としてのサドの魅力をあますところなく伝える十三篇を収録。

悪徳の栄え　上・下

マルキ・ド・サド　澁澤龍彥〔訳〕　46077-2 46078-9

美徳を信じたがゆえに身を滅ぼす妹ジュスティーヌと対をなす姉ジュリエットの物語。悪徳を信じ、さまざまな背徳の行為を実践する悪女の遍歴を通じて、悪の哲学を高らかに宣言するサドの長篇幻想奇譚!!

ソドム百二十日

マルキ・ド・サド　澁澤龍彥〔訳〕　46081-9

ルイ十四世治下、殺人と汚職によって莫大な私財を築きあげた男たち四人が、人里離れた城館で、百二十日間におよぶ大乱行、大饗宴をもよおした。そこで繰り広げられた数々の行為の物語「ソドム百二十日」他二篇収録。